¿De dónde vienen las cosas?

Desde la sal para el huevo
o el aroma del perfume,
hasta la materia prima
para hacer tus botas

Texto
Karolin Küntzel

Ilustraciones
Kathleen Richter

Traducción del alemán
Carlos Eduardo Soler

Küntzel, Karolin
  ¿De dónde vienen las cosas? / Karolin Küntzel ; ilustraciones Kathleen Richter ; traducción Carlos Eduardo Soler. -- Bogotá : Panamericana Editorial, 2017.
  160 páginas : ilustraciones ; 28 cm.
  Incluye índice alfabético.
  Título original : Wo Kommt Das Her?
  ISBN 978-958-30-5610-9
  1. Ciencia - Enseñanza elemental 2. Reacciones químicas - Enseñanza elemental 3. Botánica - Enseñanza elemental 4. Electricidad - Enseñanza elemental 5. Polímeros - Enseñanza elemental I. Richter, Kathleen, ilustradora II. Soler, Carlos Eduardo, traductor III. Tít.
  372.35 cd 21 ed.
  A1580092
          CEP-Banco de la República-Biblioteca Luis Ángel Arango

Primera edición en Panamericana Editorial Ltda.,
enero de 2018
Título original: *Wo Kommt Das Her?*
Vom Rohstoff zu T-Shirt, Apfelsaft und Co.
© 2015 Compact Verlag GmbH Múnich
© 2017 Panamericana Editorial Ltda., de la versión en español.
Calle 12 No. 34-30, Tel.: (571) 3649000
Fax: (571) 2373805
www.panamericanaeditorial.com
Tienda virtual: www.panamericana.com.co
Bogotá D.C., Colombia

Editor
Panamericana Editorial Ltda.
Edición
Luisa Noguera Arrieta
Traducción del alemán
Carlos Eduardo Soler
Diagramación
La Piragua Editores
Diseño de carátula
Martha Cadena

ISBN: 978-958-30-5610-9

Prohibida su reproducción total o parcial
por cualquier medio sin permiso del Editor.
Impreso por Panamericana Formas e Impresos S.A.
Calle 65 No. 95-28, Tels.: (571) 4302110-4300355
Fax: (571) 2763008
Bogotá D.C., Colombia
Quien solo actúa como impresor.
Impreso en Colombia – *Printed in Colombia*

Introducción

Las botas de caucho no crecen en los árboles ni las papas fritas nacen en las bolsas. ¡Obvio que no! Ambas se consiguen en las tiendas. Sin embargo, ¿alguna vez te has preguntado de dónde provienen las cosas y con qué materiales se producen? ¡Aquí encontrarás las respuestas! Este libro te lleva de viaje a lugares tan diversos como las minas de plata y de sal en las profundidades de la tierra, a los cultivos de cacao, a las tierras de las palmas de coco, a los países de la canola y la remolacha azucarera. Muchas de las cosas que utilizas a diario no existirían de no ser por los animales o las plantas: el jarabe para la tos, el perfume, el dinero o los escritorios. Más aún, de las piedras se pueden sacar artículos diversos. Las joyas o los moldes de yeso son algunos de ellos.

En los siguientes seis capítulos obtendrás muchas respuestas a la pregunta: "¿De dónde vienen las cosas?". Exploraremos temas como las comidas, las bebidas, la escuela, el tiempo libre, la casa y el vestido. Descubre dónde se encuentran las materias primas, cómo se cultivan y procesan los alimentos y qué camino toman para poder llegar a las tiendas.

¡Disfruta de la lectura y descubre datos interesantes!

Contenido

Introducción	3
Los alimentos	**7**
¿De dónde viene la sal para mi huevo del desayuno?	8
¿De dónde viene la pimienta de mi bistec?	12
¿Cómo llega la miel a la botella?	16
¿De dónde viene el aceite de mi ensalada?	20
¿Cómo llegan las papas fritas a la bolsa?	24
¿Cómo se forman los cubos de azúcar?	28
¿Los bananos hacen largos viajes por el mundo?	32
Las bebidas	**37**
¿De dónde viene la leche?	38
¿Cómo llega el chocolate a la leche?	42
¿Cómo se produce el té?	46
¿De dónde vienen las bebidas colas?	50
¿Cómo entran las burbujas a la botella?	54
En la escuela	**59**
¿Qué hace mover el autobús escolar?	60
¿De dónde viene el papel de mi cuaderno escolar?	64
¿Cómo se convierte un grano en el pan del recreo?	68
¿De dónde viene mi lazo para saltar?	72
¿Cómo llega la tinta al estilógrafo?	76
En el tiempo libre	**81**
¿De dónde viene mi escritorio?	82
¿De dónde vienen los colores?	86
¿Qué es el dinero?	90
¿Cómo se convierte un cuero plano en un balón redondo?	94
¿De qué está hecho el yeso de mi vendaje?	98
En mi casa	**103**
¿Cómo llega el corcho a la botella?	104
¿De qué está hecho mi vaso?	108
¿Qué hay en el jarabe para la tos?	112
¿De dónde vienen las velas?	116
¿Por qué mi almohada es tan suave?	120
¿De qué está hecho el jabón?	124
¿Cómo llega el aroma de las rosas al perfume de mamá?	128

Contenido

Mi ropa — 132
¿De qué está hecha mi camiseta? — 134
¿De qué están hechas mis botas de caucho? — 138
¿Qué tiene que ver una oruga con la corbata de papá? — 142
¿De dónde vienen mis aretes de plata? — 146
¿Quién produce la lana para mi bufanda? — 150

Quiz — 154

Glosario — 156

Índice alfabético — 158

Los alimentos

Cuando te sientas a la mesa, a la hora del desayuno, y miras los alimentos que te encanta comer en las mañanas, ¿te preguntas de dónde vienen todas esas delicias, como el banano para el cereal, la miel para el pan y la sal para el huevo? Algunos de esos alimentos pueden producirse a la vuelta de la esquina, pero otros tienen que viajar desde muy lejos para poder llegar a la mesa. Veamos.

Los alimentos

¿De dónde viene la sal para mi huevo del desayuno?

Los huevos revueltos, los huevos fritos y hasta los huevos cocidos del desayuno tienen un sabor muy simple si no se les pone sal. Lo mismo ocurre con la pasta o las sopas que se preparan sin este condimento. Sazonamos gran cantidad de alimentos con sal y muchos de los que se compran en los supermercados ya la incluyen. Pero ¿de dónde viene la sal?

La sal marina

Si alguna vez has estado en la playa, sabes que el agua del mar es salada. Claro que no todos los mares tienen la misma concentración de sal en el agua. De cualquier forma, se puede encontrar algo de sal en todos los océanos. La sal llegó allí hace millones de años, cuando la Tierra se enfrió lentamente. La lluvia extrajo la sal de las rocas y la arrastró hasta los océanos.

La sal de las minas

Algunos de estos antiguos mares se secaron y dejaron una gruesa capa de sal de varios metros de espesor. Las tormentas arrastraron y depositaron arena y arcilla sobre esa capa de sal, y durante el transcurso de millones de años, esta fue quedando sepultada bajo una capa de tierra de varios kilómetros de espesor.

Mucha sal - poca sal

El mar del Norte y el océano Atlántico tienen un contenido de sal del 3.5 %. Esto equivale aproximadamente a tres cucharadas de sal en un litro de agua. En la misma cantidad de agua, el mar Báltico tiene disuelta únicamente una cucharada de sal; en el mar Muerto hay alrededor de 23 cucharadas. ¡Es tremendamente salado!

¿De dónde viene la sal para mi huevo del desayuno?

La sal de la montaña

Encontramos gruesas capas de sal en lo profundo de las montañas. Tal vez te preguntes cómo fue el proceso que produjo este fenómeno. La respuesta está en los movimientos de las capas de la tierra. Aún hoy en día se dan estos cambios cuando se mueven las placas tectónicas. Las placas salinas se meten debajo de otras capas de roca. Por esta razón no es fácil llegar a las capas de sal. El mineral se debe extraer de la misma manera como hacen los mineros con el carbón.

En la mina de sal

Para llegar a la capa de sal se debe perforar un pozo profundo. A través de él ingresan la maquinaria y los trabajadores. Desde este pozo se perforan orificios adicionales dentro de la capa de sal; solo entonces se crea el espacio suficiente para comenzar con el trabajo de minería. Con taladros especiales se perforan muchos agujeros. Allí se colocan cargas explosivas para poder llegar a las capas de sal. Así se forman enormes socavones y galerías subterráneas, cada vez más largas, por donde circulan muchos vehículos. Por eso, también se ponen señales de tránsito.

La sal se rompe en pequeños pedazos

Los bloques de sal que se obtienen son muy grandes. Se retiran con excavadoras, luego se trituran, se tamizan y se llevan por las galerías de la mina mediante bandas transportadoras. Luego se sacan a la superficie. Allí, la sal se limpia, se muele y se tamiza hasta que quede completamente pura y el tamaño del grano sea apropiado. En ese momento, la sal ya se parece a la que utilizas en tu huevo del desayuno.

Los alimentos

La sal refinada

¿Te has dado cuenta de que la sal de los supermercados se denomina "sal refinada"? ¿Qué significa esto? Se trata de un método para obtener la sal. La mayor parte de la sal que llega a la mesa del desayuno se produce según este método en las minas de sal. En ellas se encuentran las denominadas fuentes de soluciones salinas o también los socavones de rocas salinas, por donde se hace circular el agua. Así se forma la salmuera que luego se calienta hasta hervir. El agua se evapora y de este modo se forman los cristales de sal. Una vez que el agua se evapora por completo, la sal se seca, se tamiza y luego se empaca.

La sal gema o de roca

¿Sabías que la sal gema, que se extrae de las montañas, también es necesaria para la producción de plástico, vidrio, jabón y crema dental? También se utiliza en invierno para derretir la nieve de las calles y las aceras.

La sal marina

En las regiones cálidas junto al mar encontramos una tercera posibilidad para obtener la sal. Se consigue directamente a partir del agua salada de los océanos. Por esta razón, no es necesario perforar a grandes profundidades y tampoco se necesitan enormes máquinas. La mayor parte del trabajo que se requiere para este tipo de producción lo realiza el sol. Este evapora el agua y deja como residuo la sal que contiene el agua del mar. ¡Ensáyalo tú mismo! Disuelve unas cuantas cucharaditas de sal en un vaso con poca agua y déjalo al sol. ¿Qué sucede?

Al hervir el agua, esta se evapora y queda la sal como residuo.

¿De dónde viene la sal para mi huevo del desayuno?

Las parcelas de sal

La sal marina se produce en estanques de evaporación llamados "parcelas" o "eras". Se les da este nombre a unos depósitos superficiales de concreto adonde se hace llegar el agua del mar. El agua permanece en reposo para que las algas, la arena y el barro se depositen en el fondo. Cuando está un poco más limpia, el agua pasa hacia otras eras para hacerla cada vez más pura. En la última era, el agua se evapora y allí se forman los cristales de sal.

Parcelas de sal en Perú

Sal en la piel

Un proceso similar al que vemos en las parcelas de sal se produce en nuestra piel después de un baño en el mar. Cuando se evapora el agua sobre la piel, queda en esta una fina capa de sal. Los cristales ásperos se parecen al papel de lija y raspan un poco. Por esta razón, después de salir del mar debes enjuagarte con agua dulce.

Montañas de sal

La sal obtenida en las eras se apila inicialmente en pequeños montones y luego en una gran montaña que se envía a la fábrica. Tal como ocurre con la sal gema, es necesario limpiar la sal marina antes de empacarla. Este tipo de sal también se consigue en el supermercado. La sal marina es, por cierto, algo húmeda, de grano más grueso y también más costosa que la sal refinada. La *fleur de sel* o "flor de sal", muy utilizada en la cocina *gourmet*, de altísimo valor, se recoge a mano y se vende sin purificar.

Los alimentos

¿De dónde viene la pimienta de mi bistec?

La pimienta es, junto con la sal, el condimento más importante en el hogar. Se encuentra en todas las cocinas y en las mesas de los restaurantes. Se utiliza en casi todos los platos y, por lo tanto, es algo así como un condimento universal, la "todoterreno" de las especias. Por poco dinero, la podemos conseguir casi en cualquier tienda del mundo. Anteriormente se llamaba el "oro negro" y era muy valiosa.

La tierra de la pimienta

Originalmente, la pimienta provenía de los bosques localizados al sur de la India. Hoy en día, la pimienta se cultiva principalmente en Indonesia, India, Malasia y Brasil. Se encuentran cultivos más pequeños en Tailandia, Vietnam y el Congo.

El camino de la pimienta

En tiempos pasados, cuando no había trenes ni automóviles, la pimienta se transportaba difícilmente por tierra desde Asia hasta Europa. Las caravanas tardaban mucho tiempo en desplazarse y los viajes eran muy difíciles y peligrosos. Por esta razón, la pimienta era muy rara y costosa. Solo las personas adineradas podían darse el lujo de consumirla. ¿Te puedes imaginar que un puñado de granos representara una fortuna? Solo cuando el navegante portugués Vasco da Gama (1469-1524) encontró una ruta marítima desde la India hasta Europa, el transporte de la pimienta se hizo más fácil y, por lo tanto, más económico.

Los ricos de la época

Era tan escasa la pimienta en Europa durante la Edad Media que los comerciantes que negociaban con esta especia y otras igualmente apetecidas, ganaban muchísimo dinero, especialmente los venecianos.

¿De dónde viene la pimienta de mi bistec?

Más que un condimento

Quizá te preguntes por qué la pimienta tenía tanta importancia. Una de las razones es que, en aquellas épocas, se conocían menos condimentos de los que vemos hoy en los mercados. La mayoría de ellos venían desde muy lejos y también eran muy costosos. La pimienta tenía gran importancia debido a que podía hacer que los alimentos duraran más tiempo. Todavía no existían los refrigeradores y la comida se echaba a perder muy rápidamente.

Cómo crece la pimienta

La pimienta es una planta trepadora. Para crecer necesita de árboles o de otro apoyo firme por donde trepar. La planta puede alcanzar una altura de más de diez metros, pero normalmente se poda a una altura de tres a cuatro metros para que los frutos se puedan cosechar con mayor facilidad. Los granos de la pimienta son como bayas dispuestas en largas espigas que llegan a tener hasta quince centímetros de longitud.

Los colores de la pimienta

Cuando las bayas maduran, su color cambia de verde a amarillo y luego a rojo. Podemos comprar en la tienda pimientas de diferentes colores. Hay pimienta negra, blanca, verde y roja. Todos los granos provienen del mismo arbusto.

La sal y la pimienta

Cuando afirmamos que los refranes son "la sal y la pimienta" del lenguaje queremos decir que estos les dan un sabor especial a las ideas y sentimientos que queremos expresar.

Los alimentos

La pimienta negra

La pimienta negra tiene un sabor fuerte y aromático. Viene de frutos que aún no están maduros. Las espigas se cortan del árbol y se colocan sobre una lona. Se camina con los pies descalzos sobre ellas y así, las bayas se separan de las panículas. Sin embargo, las bayas se pueden separar después del secado; para esto, se esparcen sobre lonas en unas capas finas y se exponen al sol. Con alguna frecuencia se les da vuelta. Gracias a este baño de sol obtienen su aspecto arrugado y adquieren su color negro.

La pimienta blanca

La pimienta blanca es más suave que la negra. Se cosecha de la misma manera pero luego se remoja en agua. Esto permite que la cáscara verde se despegue fácilmente de su núcleo. Los núcleos se secan y se blanquean cuando se exponen al sol.

Planta de la pimienta con las bayas

La pimienta verde

La pimienta verde es la más suave de todas las variedades y tiene un sabor agradable y fresco. Se recoge cuando el fruto aún está verde, se seca y luego se coloca en salmuera o en vinagre. Este tipo de pimienta se encuentra en los supermercados dentro de recipientes de vidrio y no envuelta en bolsas. Los granos pequeños se parecen a las alcaparras.

La pimienta roja

La pimienta roja es tan fuerte como la negra. Esta pimienta permanece en el arbusto hasta que está completamente madura y las bayas tienen un color rojo. Se puede secar como la pimienta negra o poner en conserva como la pimienta verde.

¿De dónde viene la pimienta de mi bistec?

El transporte de la pimienta

La pimienta se empaca para despacharla a otros países. Las variedades blanca, roja y negra –que se secan– se empacan en costales. Las pimientas verde y roja que se ponen en conserva se almacenan en toneles. La pimienta se procesa al llegar al país de destino: en las plantas de procesamiento de especias se limpia, se muele, se clasifica y se empaca. Se puede poner en bolsas, latas o en frascos de vidrio para, finalmente, llevarla a los estantes de los supermercados.

¿Será pimienta?

En los comercios se encuentra también la llamada "pimienta rosada". Por lo general se produce por la mezcla de pimientas de color. No tiene nada qué ver con los árboles de donde provienen la pimienta negra, verde, blanca o roja. La baya rosada crece en árboles de Brasil o Perú, pero esta, realmente, no es una clase de pimienta. De modo similar, la pimienta de Cayena, que es muy fuerte, de pimienta solo tiene el nombre. Se hace a partir de chiles finamente molidos.

En el molino

La pimienta tiene mejor sabor cuando está fresca. Cuanto más finos sean sus granos, más rápido se esparce su aroma. Por lo tanto, siempre se debe agregar al finalizar la preparación de las comidas, preferiblemente recién molida o triturada con mortero. Se ajusta perfectamente a tu bistec, bien sea como pimienta verde en conserva o como una colorida pimienta acabada de moler.

Los alimentos

¿Cómo llega la miel a la botella?

La miel ha sido un alimento y una preciada medicina desde hace miles de años. La puedes disfrutar pura o en el pan, para hornear o para endulzar las bebidas. La miel tiene también un efecto antiinflamatorio y puede ayudar, por ejemplo, a que un resfriado se cure más rápidamente. Las abejas son, en verdad, unas grandes trabajadoras.

Dónde viven las abejas

Las abejas viven en colmenas, dentro de cuyos panales encontramos la miel. Las abejas construyen sus colmenas en grietas, cuevas o árboles. Por esta razón, antiguamente era muy difícil para las personas conseguir la miel. Para recolectarla, muchas veces era necesario abrir toda la colmena. Esta labor era muy peligrosa, pues las enfurecidas abejas picaban sin compasión. Además, se destruía la colmena. Debido a que las abejas tenían que construir una colmena nueva, pasaba mucho tiempo antes de poder obtener nuevamente la miel.

Nuevas colmenas

Si se quiere recoger la miel con alguna regularidad, se debe preservar la colonia de abejas. Así nació la idea de ofrecerles una nueva vivienda. Las primeras viviendas estaban hechas de troncos de árboles y eran muy pesadas. Más tarde se utilizaron colmenas de mimbre trenzado en las cuales, a pesar de ser mucho más ligeras, los panales se pegaban firmemente a las paredes y eran difíciles de quitar.

¿Cómo llega la miel a la botella?

Las colmenas

Hoy en día, los apicultores usan unas cajas rectangulares de madera. De ellas se cuelgan los marcos que contienen los panales. Cuando la mayoría de las celdas de los panales quedan terminadas y la miel está lista, el apicultor retira los marcos. De este modo, la población de abejas apenas se perturba y el marco permanece intacto. Estas cajas también se llaman "colmenas". Se pueden colocar en un lugar fijo o se pueden transportar de un prado florido al siguiente.

Una vida sin abejas

Es obvio que sin abejas no hay miel. Pero ¿sabes que sin abejas tampoco habría frutas? Cuando las abejas vuelan de un árbol a otro, transportan el polen y fertilizan las flores femeninas. Solo de esta manera se pueden desarrollar correctamente las frutas y las bayas.

Campos de plantas melíferas

El primer sonido que anuncia la primavera proviene del vuelo de las abejas. Zumban por los campos y hunden sus trompas en la flor del azafrán y otras flores de primavera. En épocas posteriores del año vuelan por los árboles frutales en flor y se alimentan de las flores del verano y el otoño. Los sitios por donde vuelan las abejas le dan el nombre a la miel. Si las colmenas están cerca de un campo de colza, el apicultor recolecta miel de colza; si en las cercanías hay abundantes tilos, se obtiene miel de tilo.

Los alimentos

De la flor a la colmena

Las abejas chupan con sus trompas el néctar de los cálices de las flores. Este néctar se deposita en el denominado estómago de miel que es más una vejiga, porque, en realidad, la miel no se digiere, sino que únicamente se almacena. Cuando la vejiga se llena, la abeja regresa a la colmena. Allí, devuelve el néctar de su vejiga a la trompa. El néctar se traslada de trompa en trompa y de esta manera se transforma y se enriquece con las secreciones corporales de las abejas. ¿Verdad que no suena tan delicioso? Tal vez, pero solo de esta manera la miel llega a ser saludable y duradera.

¡Se cierra el panal!

La miel se deposita en las celdas del panal; las abejas ponen la miel allí hasta que estos queden llenos. En ese momento, la miel todavía está muy fluida. Para hacerla un poco más viscosa, las abejas obreras le soplan aire con las alas. De esta manera se extrae el aire húmedo de los panales, que se evapora en la colmena caliente. Si la celda está llena y la miel es lo suficientemente viscosa, las abejas cierran el panal con una fina capa de cera.

Un maratón de vuelo

Para llenar su vejiga de miel la abeja debe visitar hasta 1500 flores. Para llenar un vaso de miel una abeja tiene que recorrer 120 000 kilómetros. Esto equivale a dar tres vueltas alrededor de la Tierra.

¿Cómo llega la miel a la botella?

La recolección de la miel

El apicultor reconoce que la miel está lista por el número de celdas que se encuentran cerradas. Entonces retira el marco del panal y coloca uno nuevo en el mismo sitio. Aleja a las abejas de la colmena arrojando humo producido en una pipa especial o en una máquina diseñada para hacer humo. Luego retira cuidadosamente con un cepillo las abejas que permanecen en el panal.

El proceso de centrifugado

Con un tenedor especial, el apicultor retira la capa de cera del panal. Esta capa se coloca en un extractor de miel que funciona como una centrifugadora. Gracias a las altas revoluciones, la miel sale de las celdas y fluye por el borde del tambor hacia abajo. De allí se drena haciéndola pasar a través de un tamiz. Luego se filtran los últimos residuos de cera utilizando otros tamices de mallas muy finas. Por último, la miel se introduce en botellas y se vende.

Bien protegido

Para que las abejas no piquen al apicultor este utiliza ropa protectora especial, que consiste en una bata confeccionada con tela suave de color blanco. Tanto en los puños como en las piernas tiene bandas elásticas que impiden que las abejas entren por ahí. Lleva también un sombrero que tiene un velo protector y en algunas ocasiones utiliza guantes.

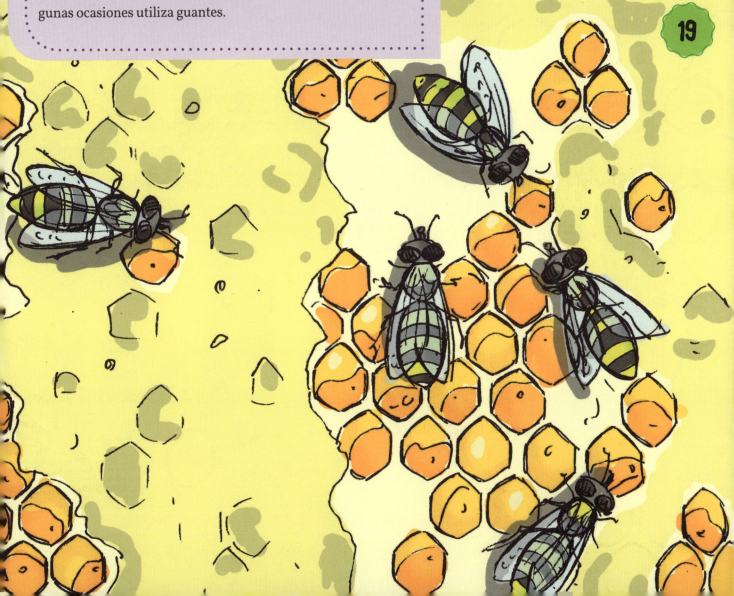

Los alimentos

¿De dónde viene el aceite de mi ensalada?

En la cocina se encuentran diferentes tipos de aceite para hornear, freír y para las ensaladas. Si observas las etiquetas, descubrirás que los aceites se elaboraron a partir de diferentes plantas y frutos, como las olivas, la canola y los girasoles.

¿De quién fue esa idea?

Los olivos son unas de las plantas más antiguas que se han cultivado en la Tierra. Los cultivos están conformados por todas aquellas plantas que se siembran especialmente para que los humanos las podamos utilizar. Los olivos existen desde hace más de 8000 años. Los egipcios, los griegos y los romanos no solo los apreciaban como alimento sino también como medicina. Por otra parte, de donde se extrae la canola, la colza, solo se ha cultivado durante unos 4000 años. La planta llegó de Asia a Europa central, donde se cultiva desde el siglo XIV.

La extracción del aceite de girasol es mucho más reciente. Aun cuando la planta existe en Europa desde comienzos del siglo XVI, su aceite solo se viene utilizando ampliamente desde el siglo XIX.

¿De dónde viene el aceite de mi ensalada?

¿Dónde se encuentra el aceite?

El aceite se extrae de los frutos o de las semillas de una planta. Dentro de los frutos más ricos en aceite se encuentran los granos de maíz, las nueces y las olivas (también llamadas aceitunas). Cuando germina el maíz, se obtiene el almidón y luego el aceite. También se extrae aceite de las nueces del nogal. Otros aceites que se elaboran a partir de semillas son el aceite de colza o canola, el de girasol, el de cártamo y el de linaza.

La recolección de las aceitunas

Hoy en día, el aceite de olivas se produce de manera muy similar a como se hacía en el pasado. Las aceitunas maduran en el árbol durante el verano. En el invierno, cuando cambian de color verde a violeta o negro, llega el momento de la cosecha. Se extienden unas redes bajo los árboles. Luego, los recolectores arrancan las aceitunas de las ramas utilizando unos rastrillos muy grandes. Estas caen en la red y allí se seleccionan. Se retiran las ramas y las hojas pequeñas. Posteriormente, las aceitunas se colocan en sacos y se llevan a la extractora de aceite.

La prueba de las aceitunas

Si las aceitunas aún están verdes porque les falta madurar, se les puede extraer muy poco jugo, pues están demasiado duras. Las aceitunas más maduras, oscuras y suaves contienen más aceite. El aroma de los aceites también es diferente. Las aceitunas recolectadas más temprano producen un aceite más fuerte y las cosechadas después, un aceite más suave.

En las extractoras de aceite

Antes de extraer el aceite de las aceitunas mediante prensado, se separan las últimas hojas y ramas y se procede a lavar los frutos. Una máquina las tritura junto con la semilla y las convierte en una masa pastosa. Esta masa se pone sobre unas esterillas redondas y trenzadas. Se coloca una capa de esta masa y encima una esterilla, luego otra capa de masa y otra esterilla, y así hasta tener cerca de cuarenta esterillas superpuestas. Se aplica entonces una alta presión para que el aceite fluya hacia el exterior.

Las aceitunas se trituran hasta obtener una masa pastosa.

Los alimentos

Hasta la botella

El líquido que se obtiene al prensar las esterillas aún no está completamente listo para envasar. Todavía está mezclado con algunos jugos provenientes de las aceitunas. Estos se deben separar del aceite. Para este fin, se deja reposar la mezcla de agua y aceite en un recipiente durante un tiempo. El aceite se separa del agua y flota en la superficie. Otra forma de separarlos es mediante la centrifugación. Una enorme máquina centrífuga retira el aceite del agua. El aceite ya purificado se envasa en las botellas.

¡Pruébalo tú mismo!

Mezcla en un vaso un poco de agua con aceite. Tienes que agitar vigorosamente los dos líquidos. Luego, espera un rato. Al cabo de poco de tiempo se forman dos capas en el vaso. El aceite flota en la capa superior y el agua se ubica debajo de este.

¿De dónde viene el aceite de mi ensalada?

Canola refinada

Durante la primavera, el color amarillo de los campos de colza es muy visible desde la distancia. El aceite de canola se extrae de las semillas de la colza. En primer lugar, las semillas se limpian y se secan. Más adelante, en la extractora de aceite, se presionan y se filtran utilizando una prensa de tornillo. Te puedes imaginar la prensa de tornillo como una enorme moledora de carne. Si la colza se prensa cuando está caliente –los expertos hablan, en este caso, de "refinado"– se consigue mayor cantidad de aceite que si se prensa en frío.

Prensado en frío

La colza también se puede prensar en frío. En este caso, el aceite es de mayor calidad que cuando se prensa en caliente, debido a que el calor destruye valiosos ingredientes durante el proceso. El aceite prensado en frío tiene un sabor y un olor más intensos, y debido a que se obtiene menor cantidad de aceite con el proceso en frío, es más costoso. Puedes leer "aceite virgen" en las etiquetas de los aceites prensados en frío.

En dirección hacia el Sol

¿Has visto que las flores de girasol siempre giran mirando hacia el Sol? Con las semillas de esta flor también se puede producir aceite, el aceite de girasol. De una flor se pueden obtener hasta 2000 semillas. De la misma manera que con la colza, el prensado se puede hacer en frío o en caliente. El aceite virgen tiene un sabor ligeramente parecido al de la nuez y el aceite refinado, un sabor neutro.

¿Para cocinar, hornear, freír o en la ensalada?

Decidir qué aceite utilizas en la ensalada es una cuestión de gusto. Los aceites prensados en frío tienen un sabor un poco más intenso y suelen ser más saludables. Sin embargo, no son los más adecuados para freír o cocer porque no toleran las altas temperaturas.

Deliciosa carne de cerdo

Luego del prensado, los restos de las semillas exprimidas quedan en la prensa. A este residuo se le denomina torta de prensa. Contiene muy poco aceite, pero es muy rico en proteínas. Con esta torta de prensa se alimenta a los cerdos.

Los alimentos

¿Cómo llegan las papas fritas a la bolsa?

Las papas fritas vienen en diferentes sabores: natural, con pimentón, con sal marina, con limón o con chile. ¿Qué tipo en particular te gusta más? Además del sabor, difieren en la forma. Algunas son onduladas, otras acanaladas. Pero todas tienen una cosa en común: están hechas de papas.

El tubérculo en la tierra

Las papas crecen bajo tierra. No provienen de semillas, sino que nacen a partir de tubérculos. El agricultor coloca los tubérculos dentro de la tierra y luego echa más tierra por encima de ellos. Las nuevas papas se desarrollan a partir de la papa madre. ¡Inténtalo tú mismo! Durante la primavera, siembra algunos tubérculos en la tierra. Cuando se marchiten las hojas superficiales en el otoño, ya se puede recoger la cosecha. Registra el número de papas que se obtienen con un solo tubérculo.

La época de siembra

Las papas se cultivan en grandes campos. Una enorme máquina agrícola afloja el suelo, hace los montículos de tierra, retira las piedras y finalmente coloca las papas. Después de unas semanas, se pueden ver las primeras plántulas verdes en el campo. Estas ganan altura rápidamente y dan unas hermosas flores de color blanco o rosa.

¿Cómo llegan las papas fritas a la bolsa?

La recolección de las papas

Mientras las papas crecen en lo profundo de la tierra, el agricultor se encarga del campo. Echa tierra en las plantas, aplica los fertilizantes en el terreno y controla con regularidad a qué profundidad se encuentran los tubérculos. Los primeros signos de la cosecha que está por venir se tienen cuando la parte superficial de la planta se marchita. Cuando los tubérculos adquieren un color amarillo dorado y se encuentran suficientemente compactos, se puede empezar a recogerlos.

Una planta - muchos nombres

Las papas tienen nombres diferentes en las distintas regiones. Existen muchas variedades según los países, y en cada uno de ellos los nombres varían.

La máquina cosechadora de papas

La cosechadora de papas es una máquina grande que le ayuda al agricultor en la recolección. Con ella se separan trozos de tierra. Estos son succionados junto con las papas. Te la puedes imaginar como una aspiradora gigante. Luego, se lleva a cabo una clasificación dentro de la máquina. Las piedras y la tierra se expulsan mientras que la parte vegetal se separa de los tubérculos, que se lavan y finalmente se almacenan en un cajón, dentro de la máquina. En algunas ocasiones un vehículo de carga va al lado de la cosechadora y en él se transportan las papas cuando ya están limpias.

Las papas que están en malas condiciones se apartan

Los alimentos

Del campo a la fábrica

Las papas recogidas se llevan a la fábrica de papas fritas. Allí se colocan en una larga banda transportadora y pasan por muchas etapas, hasta convertirse en crujientes papas fritas. ¡El primer paso es el lavado! La tierra se retira en un enorme tambor lavador. Luego continúan los tubérculos por la banda para el pelado. Con cuchillas rotatorias se les quita la piel. Las papas que se encuentran en mal estado se desechan o se seleccionan a mano después de esta etapa.

Corte en rebanadas

A continuación, las papas se cortan en rodajas finas, utilizando unos cuchillos muy afilados, y se lavan nuevamente. Antes de llegar a una enorme freidora, se deben escurrir porque las papas mojadas salpicarían demasiado al meterlas en el aceite caliente. Mientras están sumergidas en el aceite caliente obtienen la coloración de amarillo dorado. El exceso de aceite se retira por goteo y se bota. Luego, las papas continúan por la banda transportadora para darles la sazón. En un tambor grande se mezclan las papas y los condimentos.

¿Por qué se curvan las rodajas?

Las rodajas adquieren su forma curva cuando se fríen. El calor extrae el agua que está en las papas. Por eso, se encogen y se doblan.

¿Cómo llegan las papas fritas a la bolsa?

A la bolsa

También el empaque de las rodajas se elabora automáticamente. Estas llegan a sus empaques por medio de embudos o tolvas. Un computador calcula el peso de cada paquete. Solo cuando hay en él un número suficiente de rodajas para que el peso corresponda al que está indicado en el paquete, se cierra la bolsa.

¿En cuánto tiempo se puede fabricar una bolsa?

A diferencia de la bolsa que te da el panadero, que ya viene previamente fabricada y él la llena con la cantidad deseada de panecillos, la bolsa para las papas fritas se fabrica en el momento mismo del empaque. Inicialmente, tiene una forma que se parece a una manguera larga. Una máquina sella el extremo inferior y lo corta; luego, las rodajas caen en su interior. La abertura se cierra y la bolsa se corta. Posteriormente los paquetes se meten en cajas con una máquina o a mano, y se entregan en el supermercado.

¡Todas parecen iguales!

Las papas fritas apiladas vienen en tubos de cartón. Cuando abres el paquete te das cuenta de que todas ellas tienen la misma forma. ¿Cómo es esto posible? El secreto está en la preparación.

Las rodajas apiladas no se fabrican a partir de papas sin procesar, sino que se trata de papas trituradas en forma de puré. Al igual que sucede con la masa de las galletas, este puré se introduce en moldes y se hornea.

27

Los alimentos

¿Cómo se forman los cubos de azúcar?

Dentro de los muchos productos alimenticios que conocemos está el azúcar. La encontramos en los bombones y, por supuesto, en las chocolatinas. Pero también en las salchichas, la salsa de tomate, los jugos y el pan. El azúcar hace dulce la vida y desde luego que no nos gustaría prescindir de ella. Pero ¿de dónde viene el azúcar en realidad? ¿Dónde crece y cómo se ve en un principio?

¿Caña de azúcar o remolacha?

El azúcar se extrae de la caña de azúcar o de la remolacha azucarera. Anteriormente el azúcar se producía exclusivamente a partir de la caña de azúcar. Esta crece en los trópicos, por ejemplo, en Brasil, Colombia, India y China. Transportar el azúcar de caña a Europa era muy costoso. Por lo tanto, hasta hace unos 200 años, el azúcar era un artículo de lujo que solo los ricos podían consumir. Era tan valiosa que la guardaban en cajas de plata. Fue solo en el siglo XVIII cuando se descubrió que las remolachas también contenían una gran cantidad de azúcar. Desde entonces el azúcar se produce en Europa a partir de la remolacha.

¿Cómo se forman los cubos de azúcar?

Dulce como el azúcar

La remolacha azucarera se desarrolló a partir de la remolacha forrajera. El objetivo era conseguir el mayor contenido de azúcar posible. Mientras la planta original tenía solo el ocho por ciento de azúcar, la nueva variedad de remolacha azucarera llegó a tener el doble de esa cantidad. Hoy la remolacha azucarera tiene aproximadamente una quinta parte de azúcar, es decir, el veinte por ciento.

De píldoras pequeñas...

En marzo o abril, cuando la tierra está seca y caliente, el agricultor siembra la remolacha azucarera. Las semillas parecen pequeñas píldoras o perlas. En cada pildorita se oculta una semilla. Esta envoltura evita que los animales se coman las semillas.

... a grandes remolachas

En un plazo de dos semanas la semilla se desarrolla hasta convertirse en una remolacha tierna. Mientras las hojas crecen rápidamente sobre el suelo, el cuerpo de la remolacha se forma lentamente por debajo de las raíces. Las grandes hojas captan la luz solar y producen el azúcar con la ayuda del agua y el CO_2. El azúcar se almacena en las células de la remolacha. Luego de medio año, alrededor de octubre, la remolacha está lista para la cosecha. Ahora pesa entre un kilogramo y un kilogramo y medio.

Arrancar la remolacha

Cuando cultivas remolachas o zanahorias en tu jardín, simplemente las sacas de la tierra en la época de la cosecha. Pero cosechar un campo enorme es, por supuesto, algo más engorroso. Para esto se utiliza una máquina de gran tamaño, la cosechadora de remolacha. Esta corta las hojas, desentierra las remolachas del suelo, les quita la tierra y las deposita en un contenedor de almacenamiento.

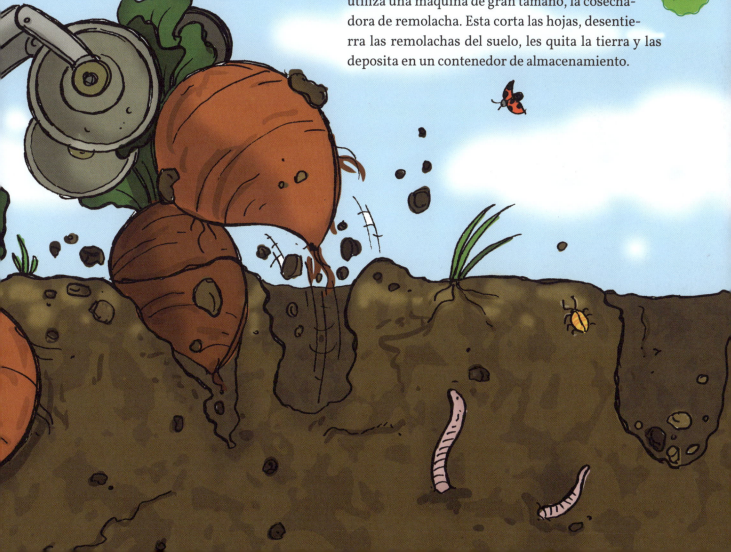

Los alimentos

El almacenamiento

Las remolachas azucareras que no se llevan inmediatamente a la fábrica de azúcar son apiladas por los agricultores, a la orilla del campo, en montones muy altos.

La fábrica de azúcar

En las fábricas de azúcar, a diferencia de lo que podrías pensar por su nombre, no se produce azúcar sino que solo se procesa. En realidad, el azúcar se "libera" de la remolacha luego de varios pasos. Las remolachas que llegan a la fábrica pasan primero por una gran estación de lavado. Allí se eliminan la tierra y las piedras que todavía contienen.

La pulpa de remolacha

Las remolachas se cortan en rodajas con unas cuchillas muy finas. Luego entran a la torre de extracción. Las rodajas se colocan en una marmita donde el azúcar contenida en la pulpa se disuelve en agua caliente. Los residuos de la remolacha se filtran y luego se procesan como alimento para el ganado. El azúcar queda disuelta en el agua. Este líquido bastante fluido se llama jarabe. Luego se filtra varias veces hasta quedar bien claro.

De fluido pasa a ser viscoso

El jugo se calienta. El agua se evapora y el jugo se vuelve más viscoso. Este proceso se repite varias veces. Al final el jarabe cambia de consistencia, tiene un color más oscuro, como el jarabe que conoces.

Jugo viscoso

¿Cómo se forman los cubos de azúcar?

El azúcar cristalizada cae del cristalizador a la banda transportadora.

Formación de cristales

Se le adicionan unos pocos cristales de azúcar al jugo viscoso. Estos contribuyen a la formación de más cristales, para acelerar el proceso. Así, se van creando más y más cristales. El jugo se convierte en un jarabe, una masa viscosa. El azúcar, tal como se conoce, ya está casi lista.

Azúcar en cubos

Para fabricar los cubos, se humedece el azúcar, se presiona sobre moldes y luego se seca. Si lo deseas, tú mismo lo puedes hacer fácilmente. Solo necesitas un poco de azúcar, unas gotas de agua y un pequeño molde.

Centrífuga secadora de azúcar

En el enorme tambor de una centrifugadora el jarabe se separa del azúcar: el primero se expulsa, mientras que el azúcar queda retenida en un tamiz. Ahora se denomina azúcar blanca. Se disuelve otra vez y se cristaliza de nuevo. Se termina así su refinación, es decir, el azúcar es blanca, pura. Este es el nombre que se encuentra en el empaque. El azúcar procesada se mete en sacos y bolsas. Pronto la podrás comprar en el supermercado.

Los alimentos

¿Los bananos hacen largos viajes por el mundo?

Los bananos son dulces, amarillos, arqueados y muy sabrosos. Los vemos en las maletas de los escolares y de los deportistas como refrigerio. Aportan rápidamente nuevas energías y vienen en su propio empaque. Les gusta tanto a los atletas como a los bebés, ya sea entero, batido con leche o como papilla. Esta fruta universal se encuentra en los mercados todo el año. Pero ¿dónde crece principalmente?

La tierra nativa del banano

A los bananos les agrada el calor y la humedad. Por eso, si vives en Europa, lo más probable es que no hayas visto ninguna planta de banano en la región. En el jardín botánico lo puedes encontrar, en los invernaderos cálidos. El banano es originario de la península de Malasia y de allí pasó a la India. Hoy en día también se cultiva en países de Centroamérica y Sudamérica, como Panamá, Nicaragua, Costa Rica, Ecuador, Colombia y Brasil. Para llegar a los supermercados del mundo, el banano tiene que hacer un largo recorrido.

¿Los bananos hacen largos viajes por el mundo?

¿Árbol u hojas?

Las plantas del banano pueden crecer hasta seis metros de altura, es decir, llegan a ser tan grandes como un árbol. Sin embargo, no tienen nada en común con los árboles. Lo que parece un tronco no está hecho de madera sino de las enormes hojas enrolladas. Los botánicos hablan de un tronco falso. También las ramas (ramas falsas) son realmente pecíolos o tallos de la hoja.

¿Cuántos dedos tiene una mano?

Las plantas de banano crecen rápidamente. En el término de un año, esta planta perenne puede crecer y producir frutos. La inflorescencia del banano se llama "racimo". Consta de seis a veinte manos. Así se denominan las filas de un racimo. A su vez, en cada mano crecen de ocho a veinte dedos. Por supuesto que les puedes decir simplemente bananos. En un racimo crecen en promedio 200 bananos. Cada racimo pesa de 35 a 50 kilogramos.

El plátano en el teleférico

Los bananos se cortan de la planta con un machete, cuando aún están verdes. Maduran solo al llegar al país de destino. Los bananos que permanecen demasiado tiempo en la mata tienen una consistencia harinosa y no saben igual de bien. Para cosecharlo, siempre trabajan juntos dos operarios. Uno corta el racimo y el otro lo coloca suavemente sobre sus hombros, puesto que no se pueden dañar, golpear o rasguñar. En las grandes plantaciones, los racimos se cuelgan en los ganchos de un teleférico que los conduce hasta la estación de embalaje.

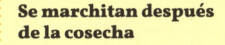

Se marchitan después de la cosecha

Las plantas perennes solo dan fruto una vez en su vida y luego mueren. En ese momento, sin embargo, ya se ha formado un nuevo retoño que permite que la plantación continúe.

Los alimentos

En la estación de empaque

Las grandes plantaciones tienen su propia estación de empaque. Cuando los bananos llegan allí se inspeccionan, y los que se encuentran en malas condiciones se separan y se venden posteriormente en los mercados locales. Las frutas que están en buen estado se dividen en manos. Luego se les da un baño de agua y se separan en pequeños racimos que podemos comprar posteriormente. Finalmente, se meten en cajas que tengan aproximadamente el mismo peso.

Estos plátanos están listos para ser empacados.

Flor del banano

Sin bananos amarillos

Es importante no colocar ningún banano amarillo entre los verdes dentro de la caja de cartón. De esta manera, se asegura que durante su largo viaje los bananos maduren y no se estropeen.

Ducha y adhesivo

Los racimos de banano se meten en un baño desinfectante o se fumigan con una solución desinfectante. En cada uno de los dedos se coloca una etiqueta de la compañía. Fíjate en el supermercado. Cada banano tiene una etiqueta adherida. ¿De qué empresa provienen? Las frutas se envuelven en un plástico con orificios y se colocan dentro de la caja de cartón. Se apilan sobre estibas de madera y se llevan directamente al puerto. Por lo general, los bananos se embarcan un día después de su cosecha.

¿Los bananos hacen largos viajes por el mundo?

En el barco bananero

En el puerto, las cajas con los bananos se cargan en grandes buques portacontenedores. Estos son tan grandes que pueden transportar hasta 300 000 cajas de cartón a la vez. Los barcos cargueros o los contenedores con los bananos están equipados con un sistema de refrigeración que los mantiene a unos 13 ºC. A esta temperatura los bananos no maduran. Permanecen hermosamente verdes y duros. Pasan toda la travesía en esta atmósfera fría. Después de unas semanas de viaje el carguero llega a su destino.

Donde el mayorista

Los bananos se llevan desde el barco hasta donde el mayorista. Allí se almacenan en cámaras de maduración. Estas cámaras parecen un refrigerador gigantesco donde la temperatura se incrementa lentamente. El calor madura los bananos, que poco a poco se vuelven amarillos.

Salen para el mercado

Después de una semana, los bananos están listos para la venta en la tienda. Un camión lleva las cajas al supermercado. Los bananos tienen ahora un hermoso color amarillo y un sabor dulce y delicioso. Si compras dos unidades y te comes primero una de ellas, a la otra le saldrán unas manchas de color marrón después de unos días. Estas son manchas de azúcar. El banano ya no está tan dulce y te lo debes comer lo más pronto posible, de lo contrario se echará a perder.

Las bebidas

¿Qué prefieres beber: chocolate, té, leche, gaseosas o agua mineral? Probablemente siempre tienes en tu casa alguna de tus bebidas favoritas. En caso contrario, vas al supermercado y compras una nueva bolsa o botella. Todo esto que es tan fácil de conseguir no siempre es tan fácil de fabricar. El cacao, por ejemplo, recorre un largo camino para llegar a nosotros y la receta de una bebida cola es tan secreta que ni siquiera los trabajadores de la planta embotelladora la conocen. Incluso una bebida tan inofensiva como el agua mineral proviene de profundidades misteriosas. Pero ¡léelo tú mismo!

Las bebidas

¿De dónde viene la leche?

La leche es saludable y deliciosa. La puedes tomar fría o caliente, pura o con miel o también con chocolate. La mayoría de la leche que producimos viene de las vacas. Contiene muchas vitaminas y minerales y es, por lo tanto, particularmente importante para la nutrición de los niños… y de los terneritos.

Un pequeño viaje por la historia

Dado que los seres humanos usan el ganado vacuno para su provecho, se valen de la leche tanto para la crianza de los terneros como para su propio uso. Los babilonios y los antiguos egipcios también utilizaron la leche como alimento durante miles de años. Los indios la conocían y los griegos la utilizaron como fuente de vitalidad y salud.

De la hierba verde a la bebida blanca

Las vacas arrancan la hierba con sus dientes y su lengua áspera. La hierba, junto con mucha saliva, entra a los dos primeros estómagos, el rumen y el retículo, donde se disuelve gracias al calor y a los microorganismos. Desde allí, la papilla se regresa de nuevo al hocico de la vaca, donde esta vuelve a masticarla completamente para tragarla de nuevo. Por último, la papilla es digerida en los otros dos estómagos. Los nutrientes entran al torrente sanguíneo de la vaca y, a través de la circulación, llegan a la ubre. La leche se forma allí en el tejido glandular a partir de los elementos nutritivos.

¿De dónde viene la leche?

En la granja

Las fincas donde se tienen muchas vacas que producen leche se llaman "granjas lecheras". En algunas de ellas, las vacas ya no se ordeñan a mano, sino que se utiliza una máquina ordeñadora. En las instalaciones más modernas solo se colocan a mano las pezoneras y todo lo demás se hace automáticamente. Las vacas pueden ir por sí mismas a la sala de ordeño cuando sus ubres están demasiado llenas para que las puedan ordeñar. ¡Esto es absolutamente práctico!

En la sala de ordeño

Cuando un granjero tiene muchas vacas necesita una gran cantidad de máquinas de ordeño. Varias máquinas de ordeño juntas forman una sala de ordeño. Antes del ordeño se limpia la ubre. Esto es importante porque así se evita que entren bacterias a la leche. Luego, en cada pezón se coloca una especie de tubo llamado "tetina" o "pezonera". Estas succionan la leche de la ubre. La leche pasa a través de las copas de ordeño por una manguera y de allí al tanque de leche.

Sin ternero no hay leche

Para que una vaca produzca leche es necesario que haya tenido antes un ternero. Lo mismo sucede con todos los mamíferos. Cuando nace un niño, la madre lo amamanta o lo lacta hasta cuando el bebé pueda comer alimentos sólidos. Por esta razón, la leche que produce la vaca está en realidad destinada al ternero.

Las bebidas

De la vaca al refrigerador

Cuando se extrae la leche de la ubre, el líquido tiene la temperatura corporal de la vaca. Para que no se altere tan rápidamente es necesario refrigerarlo. Es algo similar a lo que haces en tu casa. La leche se daña rápidamente si la dejas por fuera del refrigerador. Por esta razón, se enfría a una temperatura cercana a los 4°C inmediatamente después del ordeño.

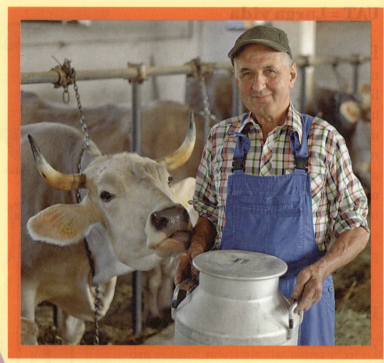

Las vacas lecheras

Una buena vaca lechera produce hasta veinte litros de leche al día, dependiendo de la raza. Por lo general, se ordeña una vez por la mañana y otra por la tarde. Todos los días, siete días a la semana, 365 días al año. Un lechero simplemente no se puede ir de vacaciones. A diferencia de lo que te ocurre a ti, él lo puede hacer muy rara vez.

Desde la lechería

Dependiendo del tamaño de la granja, la leche se recoge en un camión cisterna una o dos veces al día. El conductor bombea la leche del tanque de almacenamiento de la granja hasta el camión. Luego, tras recoger la leche de otras granjas, la lleva directamente a la planta de procesamiento. La leche también se mantiene fría en el camión cisterna. Una vez llega a la planta de procesamiento, la leche se transfiere del camión a enormes tanques de almacenamiento y se procesa.

La leche se bombea del camión a la planta de procesamiento de leche.

¿De dónde viene la leche?

UAT = Larga vida

Para que la leche se mantenga durante más tiempo en buenas condiciones, se calienta en la lechería. Cuanto mayores sean la temperatura y el tiempo de este proceso, mayor será la duración de la leche. La llamada leche UHT o UAT, que significa "ultra alta temperatura", se mantiene durante un máximo de tres meses, siempre y cuando no se abra el empaque. La leche se envasa en la planta en botellas o en cajas y se despacha al supermercado.

La leche no es solo leche

La leche cruda está sin tratar. Si no se procesa, se debe consumir el mismo día del ordeño. Su contenido de grasa está entre 3.8 % y 4.5 %. Se puede obtener exclusivamente con el granjero. Antes de tomarla se debe hervir para eliminar los gérmenes existentes. La leche entera tiene del 3.5 al 3.8 % de grasa y la leche baja en grasa del 1.5 al 1.8 %.

41

Más que leche

A partir de la leche se pueden elaborar diferentes productos, tales como el yogur, el kumis, la cuajada, la mantequilla, el queso o el suero. Tú mismo puedes hacer la cuajada. Para ello necesitas un recipiente pequeño con leche pasteurizada y un trozo de pan con levadura. Introduces el pan dentro del recipiente con leche. Después de unas horas a temperatura ambiente la leche se cuaja y toma una consistencia firme: sabe delicioso con azúcar y canela o con frutas.

Las bebidas

¿Cómo llega el chocolate a la leche?

El chocolate es delicioso. Se puede tomar con leche fría o caliente. También se puede preparar muy rápidamente. ¡Unas pocas cucharadas de cacao en polvo en el vaso de leche, se revuelve y listo! Sin embargo, desde que se recoge el fruto del cacao hasta que se elabora el polvo marrón, el proceso es bastante largo.

El árbol de cacao

Los árboles de cacao pueden llegar hasta los quince metros de altura. Durante todo el año las hojas tienen un color verde brillante y son puntiagudas. Los frutos crecen directamente del tronco. Tienen forma oval, como la de las papayas, aunque son más pequeños, pero son puntiagudos en los extremos. Son de color amarillo, naranja, rojo o marrón. Si vives en Sudamérica o en África, cerca de la línea ecuatorial, puedes ver un árbol de cacao con facilidad.

Bebida azteca

El árbol del cacao ya se cultivaba alrededor del año 1000 a. C., pero en esa época se utilizaba la pulpa y no el grano. Solo hasta el siglo XIV d. C. los aztecas empezaron a producir una bebida a partir de los granos. Como ingredientes agregaban pimienta de Cayena, vainilla y sal. Por esa época, no le ponían azúcar.

¿Cómo llega el chocolate a la leche?

La cosecha

Los frutos de cacao maduran después de cinco o seis meses. En ese momento pesan entre 300 y 500 gramos y, al igual que los bananos, se cortan del árbol utilizando un machete. En las grandes plantaciones, los frutos se llevan a un punto de recolección y allí se abren.

Una mirada a la fruta

En el interior de la mazorca se encuentra una pulpa blanca que protege los granos. Por su aspecto, la pulpa recuerda un poco a los dientes de ajo. Cada fruto contiene entre 20 y 50 granos de cacao. Estos tienen aproximadamente dos centímetros de largo y uno de ancho.

De granos blancos...

Al abrir la fruta, vemos unos granos de color blanco. Solo cuando están completamente desprovistos de la pulpa obtienen su color rojo. Sería algo muy tedioso que tuvieras que retirar manualmente la pulpa de los granos. Por esta razón, los trabajadores de las plantaciones utilizan un método especial, llamado "fermentación". Para ello se ponen en un lugar aireado los granos envueltos en su pulpa y se tapan con hojas de palma o de banano.

... a granos rojos

Debido al calor que se forma debajo de las hojas, las frutas comienzan a fermentarse. La pulpa se disuelve y se elimina. Quedan los granos sólidos que ahora son de color rojo. En este momento tienen un sabor cercano al del chocolate. Después de unos días al sol, están listos para el despacho.

Grano polifacético
Los granos de cacao también les servían a los aztecas como medio de pago y ofrenda.

Las bebidas

La limpieza de los granos

A la fábrica de chocolate o de chocolatinas llegan los granos de cacao en bolsas. Allí, los trabajadores verifican su calidad. Si todo está en orden, los granos se lavan. Para eliminar de los granos la suciedad, las fibras vegetales, las piedras o las virutas metálicas, se utilizan ventiladores, imanes y tamices.

El tostado...

Los granos de cacao se deben tostar para que desarrollen su maravilloso aroma. Aquellos que se destinan a la fabricación del chocolate se pueden tostar a una mayor temperatura que los destinados a las chocolatinas. Con este procedimiento, los granos pierden su humedad. Ahora tienen un color marrón oscuro.

Granos de cacao tostados

Los granos se enfrían rápidamente para evitar que se sigan tostando al retirarlos de la fuente de calor. Es lo mismo que hacemos con los huevos cocidos del desayuno. Al enfriarlos con agua del grifo impide que se sigan cociendo.

... y se rompen

El siguiente paso consiste en triturar los granos utilizando unos rodillos. Las partes ligeras de la cáscara se expulsan y los fragmentos más pesados del cacao permanecen allí. Otra manera de separar la cáscara de los granos es utilizando una trituradora de tiro. En esta máquina se lanzan con gran fuerza los granos de cacao contra unas placas de acero. Imagina que lanzaras unas nueces contra una pared para abrirlas.

¿Cómo llega el chocolate a la leche?

En el molino de cacao

Para elaborar el cacao en polvo y las chocolatinas es necesario triturar los granos. La fricción genera calor y la manteca de cacao que contienen los granos se derrite. Se forma una masa de color marrón brillante que tiene un gran parecido con el chocolate y sus olores. A partir de esta masa de cacao se elaboran tanto el cacao en polvo como las chocolatinas. Para la producción de estos se necesita de otras máquinas.

El prensado del cacao

En la masa de cacao todavía está presente un componente que no se requiere para la fabricación del chocolate en polvo: la manteca de cacao. Esta se retira mediante un proceso de extracción y luego se utiliza en la fabricación de las chocolatinas. El material sobrante se denomina torta de chocolate. Finalmente se muele hasta obtener el chocolate en polvo, se empaca y se despacha.

Chocolate soluble

Para que el chocolate en polvo se disuelva correctamente en la leche fría, la torta de chocolate se debe calentar con vapor antes de molerla. Los expertos llaman a este proceso "instantanizado". Observa de cerca el empaque de tu chocolate en polvo. Seguramente podrás encontrar el término "polvo instantáneo". Esto significa que el polvo se vaporizó. Así que nada se interpondrá para que puedas preparar rápidamente una taza de chocolate.

Las bebidas

¿Cómo se produce el té?

Puedes tomar té frío o helado en los días cálidos; té caliente, en los fríos y lluviosos, cuando vuelves a tu casa. Es rápido y fácil de preparar, es refrescante y tiene sabor a frutas o incluso achocolatado, dependiendo de la variedad. Y hay muchísimas de ellas. Para que el té llegue a tu taza generalmente debe hacer un largo recorrido.

La leyenda del descubrimiento del té

El té vino originalmente de la China y según la leyenda, la bebida se descubrió por casualidad. Hace aproximadamente 5000 años el emperador Shen Nung se sentó a la sombra de un árbol, a su lado tenía un recipiente con agua caliente. Llegó una ráfaga de viento y una de las hojas cayó dentro del recipiente. El emperador bebió poco después un sorbo de agua y se sorprendió de lo bien que ahora sabía el agua… se acababa de descubrir el té.

Una vez alrededor del mundo

El té se convirtió rápidamente en una bebida popular en Asia. Llegó a Europa en el siglo XVII por vía marítima. Los holandeses fueron los primeros en llevarlo y comercializarlo en el continente. Los ingleses lo descubrieron también como una bebida aromática. Así empezó la marcha triunfal del té. Hoy en día es la bebida más popular del mundo y se puede tomar en cualquier país de la Tierra.

¿Cómo se produce el té?

La planta del té

El té negro y el té verde, los tés que más se consumen, vienen de la planta del té. Esta se cultiva en muchos países y en grandes plantaciones. Por ejemplo, se puede tomar té de la India, Kenia o Sri Lanka. Esta planta puede llegar hasta los cien años y alcanzar varios metros de altura. Para poder recoger las hojas del té de una manera más fácil, las plantas se cortan a la altura de la cintura.

La recolección del té

Muchas plantaciones de té se encuentran en terrenos montañosos o accidentados. Debido a que allí no se pueden utilizar las máquinas, la recolección de las hojas de té sigue siendo un proceso artesanal. Las hojas verdes y frescas de té no son de larga duración por lo que se deben procesar directamente en la plantación.

Máquinas cosechadoras

Estas máquinas se pueden utilizar para la recolección de las hojas en los terrenos planos. Trabajan más rápido que los recolectores humanos pero se afecta la calidad de la cosecha.

Las hojas se marchitan

Para el procesamiento del té es necesario realizar varios pasos. En primer lugar se deben secar las hojas recién recogidas. Para esto se exponen al sol o se llevan a una zona de secado. Así pierden hasta un 70 % de su humedad. Tú mismo puedes observar este proceso cuando tomas una hoja y la dejas secar al sol.

Las bebidas

Exprimido, selección

Las hojas secas se pasan por rodillos y se seleccionan. Se rompen las paredes celulares de las hojas y se liberan el jugo y los aromas de la planta. Este trabajo se realizaba anteriormente a mano presionando hoja por hoja. Hoy la mayor parte del trabajo se hace con máquinas, y toma prácticamente media hora. Posteriormente los residuos de las hojas se seleccionan según el tamaño, por medio de tamices.

Té verde y té negro

¿Negro o verde?

El té negro y el té verde provienen de la misma planta. El color del té se forma debido a procesos diferentes. El té negro se fermenta después de pasarlo por los rodillos, el té verde no. La fermentación es un proceso en el que se presionan las hojas de té para «abrir» las células. En contacto con el oxígeno y el calor se produce una reacción, la que hace que el té sea más aromático y más oscuro. Si sirves dos tazas de té, una con el té verde y la otra con té negro, reconocerás inmediatamente la variedad presente en cada taza.

Pequeños trozos, grandes trozos

Las hojas se secan una vez más y después se clasifican dentro de ciertos rangos. Esto significa que los trozos grandes se reúnen en montones, al igual que los trozos pequeños, para ser empacados después.

Hojas de té pasando por rodillos

¿Cómo se produce el té?

Cómo se inventó la bolsa de té

En 1904, el comerciante americano de té Thomas Sullivan envió muestras de té que él había empacado previamente en pequeñas bolsas de seda. Sus clientes prepararon el té con las bolsas y les pareció muy práctico que después de retirar la bolsa no quedaran hojas flotando en la bebida.

Es la mezcla

El té se empaca en enormes bolsas de papel o en cajas y se envía a todo el mundo. En las fábricas se mezclan entre sí diferentes tipos de té o se agregan aromas. Esto crea muchos sabores diferentes. El té se embotella, se empaca y se despacha a las tiendas. El té que se destina para bolsas se lleva a una máquina que elabora la bolsa y lo empaca. Dobla el papel de filtro, dosifica la cantidad correcta en cada bolsa, la cierra y la empaca junto con otras bolsas en una pequeña caja de cartón.

¿Suelto o en la bolsa?

En la tienda se puede conseguir el té, bien sea en bolsas individuales o suelto. Tú puedes verter el té suelto directamente en la tetera y añadir agua caliente o utilizar un colador o un filtro de té. Con las bolsas de té solo tienes que colocarlas en la taza y verter agua caliente sobre ella. ¡Deja un momento la bolsa, retírala y listo!

Las bebidas

¿De dónde vienen las bebidas colas?

Seguramente has bebido alguna vez una bebida cola. El refresco de color marrón oscuro es una de las bebidas más populares en el mundo y se produce y se bebe casi en todas partes. Muchas historias y leyendas rodean a esta dulce bebida. ¿Cuáles son verdaderas, cuáles son inventadas?

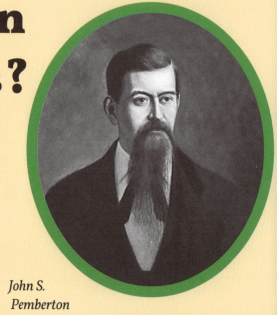

John S. Pemberton

El jarabe de la farmacia

El 8 de mayo de 1886 el médico y farmacéutico John S. Pemberton (1831-1888) inventó un jarabe para ayudar a combatir la fatiga y los dolores de cabeza. Lo mezcló con agua de soda y vendió la bebida a cinco centavos el vaso tanto en la farmacia como en las barras de algunos bares. A esta refrescante bebida la denominó Coca-Cola. Pero no se hizo rico con este producto. Por este motivo vendió los derechos de la bebida solo dos años después al empresario Asa G. Candler (1851-1929). Este fue el comienzo del éxito de la Coca-Cola.

La receta de Pemberton

El efecto excitante y vigorizante de la cola que Pemberton inventó provenía de las hojas de una planta llamada "coca" y las nueces de cola que se procesaban con el jarabe. Las hojas de coca también se utilizan para consumo, que no estaba prohibido en ese momento. Algunos años más tarde desapareció este ingrediente de la recetas y hoy está prohibido. El segundo ingrediente importante, la nuez de cola, contiene cafeína, un estimulante que también está contenido en el café y en el té negro. La nuez de cola sigue siendo parte de la receta.

¿De dónde vienen las bebidas colas?

Nueces de cola

Nuez de cola

El árbol de nuez de cola crece en el occidente y el centro de África. La nuez de cola es la semilla de la planta. Contiene más cafeína que el café. La semilla se tritura hasta obtener un polvo y se mezcla luego con el jarabe de cola. Sin embargo, la nuez de cola ya no se incluye en ninguna de las variedades de las bebidas colas. Algunos fabricantes utilizan en su lugar la cafeína obtenida a partir del café.

El secreto mejor guardado del mundo

Los productores de las bebidas colas cuidan sus recetas como a sus ojos. En la botella se pueden leer los ingredientes de la bebida, pero la producción no sería exitosa porque simplemente no tendrían el mismo sabor. ¿Por qué? Porque bajo el concepto de sabor se ocultan todos los ingredientes posibles y tú no puedes saber exactamente cuánto de cada ingrediente se adiciona a la botella. De hecho, con frecuencia ni siquiera la compañía conoce exactamente cuánto hay en la botella.

Qué hay en el jarabe

Está claro que el jarabe de la bebida cola consiste en agua, una gran cantidad de azúcar, cafeína, ácido fosfórico, colorantes, aceites esenciales tales como aceites de naranja, limón y nuez moscada, aceite de cilantro, aceite de canela, aceite de neroli y un poco de alcohol. Y luego, por supuesto, están los componentes secretos que difieren según el fabricante. El jarabe es la base de la bebida, tal como lo sabes.

Las bebidas

La misteriosa producción de jarabe

Para que los ingredientes de las bebidas colas sigan siendo un secreto, el jarabe se produce solo en unos pocos lugares. ¿Cómo? Esto también es un secreto. La materia prima para la preparación de los refrescos se entrega a las plantas de llenado. De ellas hay muchas en el mundo, varias en cada país, en donde se vende y se consume la bebida. Por ejemplo, el jarabe para las plantas de Europa se produce en Irlanda. Desde allí viaja en grandes recipientes a las embotelladoras.

En la sala de jarabes

El contenido de los recipientes del jarabe se mezcla en grandes tanques con agua y azúcar. En buena parte este trabajo se realiza con grandes máquinas. La mezcla viscosa se diluye hasta cuando es fácil de beber. La cantidad de agua que se mezcla con un volumen definido de jarabe se determina, por supuesto, con gran precisión. Finalmente la bebida cola debe tener el mismo sabor en todas partes del mundo.

¿De dónde vienen las bebidas colas?

En el llenado

La mezcla terminada pasa a través de tuberías y con el uso de máquinas se llenan las botellas o las latas. Para este propósito los envases de las bebidas pasan por largas bandas transportadoras, y se lavan antes del llenado. La mezcla de jarabe y agua se vierte entonces por medio de boquillas. Luego se adiciona el dióxido de carbono. El gas proporciona el efecto burbujeante. Para las latas, la tapa se coloca y luego se dobla; en las botellas, la tapa se enrosca. Un computador verifica el correcto nivel de llenado. Finalmente se lavan una vez más y se empacan.

Forma de estibar para las tiendas

En las estaciones de llenado se procesan cientos de miles de botellas y latas diariamente. Los camiones suministran permanentemente latas y botellas vacías para su llenado. Las bebidas terminadas se colocan en grandes estibas, se cargan en camiones y se llevan al supermercado. Allí puedes comprar una botella.

Visión de rayos X

Puedes ver si una botella está completamente llena. Pero ¿cómo sabe el computador si la lata está llena? ¿Tiene visión de rayos X? Sí. La dosificación se comprueba realmente con una máquina de rayos X. Esta funciona de manera similar que cuando el médico te hace una radiografía para ver si tus huesos están en buenas condiciones.

Las bebidas

¿Cómo entran las burbujas a la botella?

Estamos hablando de la efervescencia chispeante o de cualquier otro nombre que se les dé a esas burbujitas que están en el agua mineral con gas. ¿De dónde viene ese cosquilleo que producen esas burbujas en la boca y cómo entran a las botellas?

Desde la nube hasta las profundidades de la tierra

Tú sabes con toda seguridad que cuando llueve el agua se filtra en el suelo. Poco a poco se filtra por entre la arena y luego a través de varias capas de roca. A unos cuantos metros por debajo de la superficie terrestre se acumula como agua subterránea. Parte de ella se infiltra aún más profundo. Cada vez está más limpia porque la arena y las rocas actúan como un filtro que atrapa los componentes impuros.

Lo que su nombre nos sugiere

Solo el agua de los depósitos subterráneos se puede llamar agua mineral. Se embotella directamente en la fuente o pozo y se controla estrictamente.

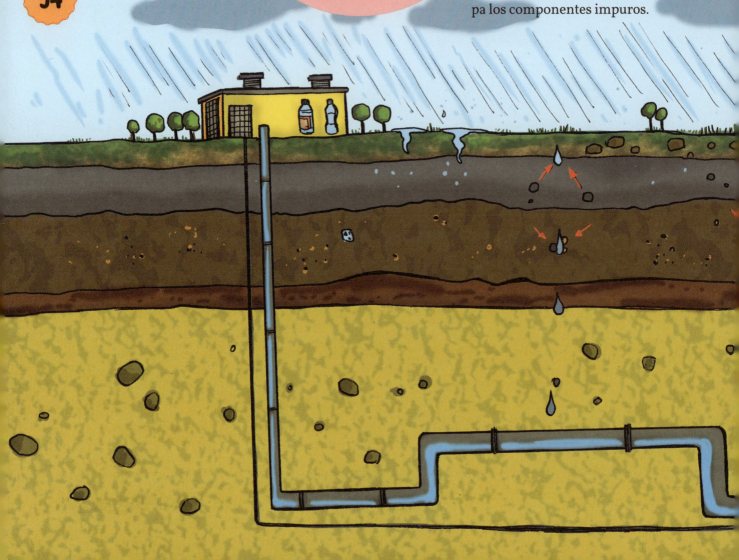

¿Cómo entran las burbujas a la botella?

Primero lluvia, luego agua mineral

Nadie puede decir exactamente cuánto tiempo se toma el agua en su camino por entre las capas de roca. Lo cierto es que pueden pasar décadas o siglos. Cuando el agua lluvia se filtra a través de estas capas, absorbe minerales. Estos son los elementos esenciales que contribuyen a absorber los alimentos para que nuestro cuerpo pueda funcionar sin problemas. Cuanto más lento sea el movimiento del agua, más minerales va a contener. Así, el agua lluvia se convierte en agua mineral.

Extracción del agua mineral

Finalmente, el agua se acumula en el fondo, en grandes cámaras subterráneas: los llamados acuíferos. Estos son aprovechados por los productores de agua mineral. El agua se bombea a la superficie utilizando tuberías muy largas. En la fábrica se realiza un análisis minucioso para ver si se puede beber con tranquilidad; después de pasar la prueba, se embotella.

¿Y las burbujas?

Una parte del dióxido de carbono que hace burbujear el agua ya existe en las capas rocosas que se encuentran a profundidad, puesto que es parte de su composición. Si el agua se encuentra con el dióxido de carbono, las dos sustancias se combinan para formar ácido carbónico. Por supuesto que las burbujas bajo la tierra no son tan fuertes como las de tu botella cuando la abres inicialmente, pero ya hay un poco de ellas. Con el fin de asegurar suficiente ácido carbónico en las botellas, el dióxido de carbono se inyecta a presión durante el llenado.

¿Qué hay en el agua mineral?

En la etiqueta de la botella puedes averiguar qué minerales y oligoelementos contiene el agua. Allí pueden aparecer el calcio, el magnesio, el sodio, el sulfato, el hierro y el fluoruro. Dependiendo del acuífero se disuelven otras sustancias en el agua. Esta es la razón por la cual el agua de diferentes fuentes también tiene un sabor diferente.

Las bebidas

Bajo presión

Para que el dióxido de carbono se disuelva mejor en el agua, se adiciona a alta presión. Posiblemente lo hayas visto en las botellas de agua mineral con gas. Allí también el gas sale "disparado" a alta presión de la botella de agua. Esto produce un sonido sibilante. Este sonido también se puede escuchar cuando se abre una botella de agua con gas. Silba ruidosamente y a veces produce burbujas de agua. Esto se debe a la presión que se escapa de la botella.

Mezcla de agua

En la fábrica, el agua del acuífero se almacena en grandes tanques. Se bombea a la estación mezcladora a través de tuberías muy largas. Se le adiciona el dióxido de carbono, a veces en mayor cantidad, a veces menor, dependiendo de la variedad. En el agua mineral clásica hay alrededor de seis gramos de ácido carbónico en una botella; en el agua con la designación de «medio», un poco menos. El agua sin gas viene sin burbujas.

Agua sin gas

Si dejas abierta una botella de agua mineral o de un refresco durante mucho tiempo, el contenido muy pronto tendrá un sabor desabrido. Esto se debe a que el ácido carbónico se disuelve y el dióxido de carbono liberado se escapa. Tú puedes ver esto porque el dióxido de carbono está en las burbujas que suben a la superficie.

¿Cómo entran las burbujas a la botella?

Cómo se obtienen las botellas para el agua

Las botellas retornables regresan al supermercado. Se recogen y se devuelven al fabricante. Así llegan nuevamente a la fábrica. Allí se lavan minuciosamente, se revisan y se clasifican. Si las botellas están perfectamente limpias y en óptimas condiciones, se pueden utilizar de nuevo. Una botella se puede reutilizar hasta 50 veces. Las cajas también se lavan y se reutilizan.

Si devuelves tu botella, recibirás dinero.

Por qué entraron las burbujas a la botella

Los «inventores» del uso del ácido carbónico en las botellas no estaban buscando una bebida refrescante. Querían hacer que el agua durara más. El ácido carbónico impide el crecimiento de las bacterias.

Cómo entra el agua a la botella

En la fábrica todo está completamente automatizado. Las botellas vacías llegan sobre largas bandas transportadoras a la estación de llenado. A gran velocidad, se llenan de agua y dióxido de carbono y se enroscan las tapas. Un computador comprueba el nivel y expulsa las botellas que tienen un bajo nivel. Después de poner las etiquetas, un robot coloca las botellas en las cajas donde se transportan las bebidas. Se cargan en estibas y luego en camiones que las entregan al supermercado.

En la escuela

¿Qué tienen en común el trigo, el calamar, el petróleo y el coco? Posiblemente en tu escuela o cuando vas camino hacia ella utilizas cosas que se fabrican a partir de otros productos. El autobús escolar necesita gasolina; el estilógrafo, tinta; el pan del recreo, cereales y la cuerda para saltar en el descanso, fibras robustas. Las materias primas se procesan en refinerías, fábricas e incluso en tu hogar. Estos productos son parte de tu vida.

La escuela

¿Qué hace mover el bus escolar?

A las siete y media de la mañana, cuando esperas el bus escolar en la parada, todo puede estar perfecto. Pero si está lloviendo y hace frío, es menos divertido. ¿Dónde está el bus? "Posiblemente olvidaron reabastecerlo de combustible", bromea tu amigo. Podría ser, pero ¿con qué lo reabastecen?

En la gasolinera

Con toda seguridad, has estado alguna vez en una gasolinera. Hay diferentes clases de combustibles: gasolina, diésel y gas natural. Si se sabe cuál es el que utiliza el automóvil o el bus, solo se necesita llenar el tanque con la variedad correspondiente y se puede continuar con el recorrido. Para garantizar el suministro constante de combustible en la estación de servicio, un camión cisterna pasa a intervalos regulares y rellena los tanques subterráneos o el tanque de gas natural. Pero ¿de dónde toma el camión cisterna los combustibles? ¿Cómo se producen?

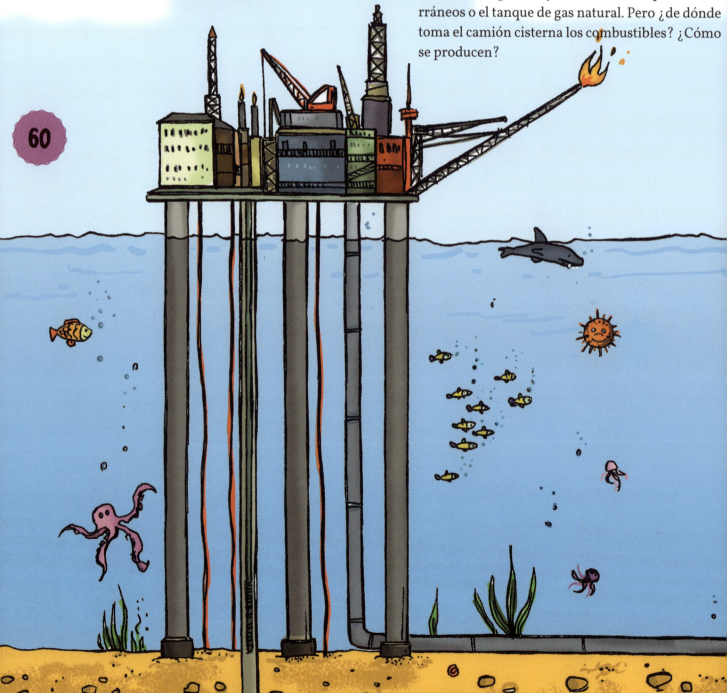

¿Qué hace mover el bus escolar?

Después de la extracción de petróleo

La mayoría de los automóviles y buses funcionan con combustible elaborado a partir del petróleo. Los yacimientos de petróleo se encuentran a grandes profundidades, algunos bajo tierra, otros bajo el agua. Para llegar a ellos se necesita hacer perforaciones muy profundas. El petróleo en la tierra está a alta presión, por lo tanto los trabajadores deben ser particularmente cuidadosos cuando perforan una formación petrolífera. Se utilizan válvulas de seguridad diseñadas especialmente para evitar que el petróleo se escape. Solo entonces se puede bombear el crudo.

En el mar del Norte

El petróleo que se encuentra bajo el mar se extrae utilizando gigantescas plataformas de perforación. Están en altamar y pueden tener varios cientos de metros de altura. En el mar del Norte hay plataformas petroleras. Utilizando tuberías muy largas, el petróleo se bombea a los puertos, luego a los buques cisterna y después se transporta a las refinerías. Algunas veces las tuberías lo conducen directamente a la refinería más cercana.

Del crudo a la gasolina

Para que el bus escolar pueda funcionar con gasolina o con diésel, en la refinería el crudo se fracciona en sus componentes. Se calienta en una torre muy alta, conocida como columna de destilación. Los componentes pesados se enfrían rápidamente y se dirigen hacia la parte inferior; los más livianos se elevan dentro de la torre y se condensan allí. En todos los niveles de la torre existen tuberías que drenan los líquidos que allí se producen. Los expertos llaman "fracciones" a estos diferentes componentes.

Zozobrar - un desastre

Las plataformas de perforación son estables y permanecen ancladas en el fondo del mar para que no se dañen durante las tormentas o a consecuencia de las olas altas. Cuando zozobra una plataforma petrolera, el crudo que se escapa se puede quemar o derramarse y contaminar el mar. Esto implica una catástrofe para los animales y las plantas que viven allí.

La escuela

¿Diésel o gasolina?

La base de estos dos combustibles se obtiene por destilación. El gasóleo base para el combustible diésel se forma en el centro de la torre, la gasolina en la parte superior. Los combustibles se depuran, se someten a reacciones químicas complejas y se transforman. Solo entonces están listos para entregarse a la gasolinera.

En una planta así se procesa el gas natural.

¿Se prefiere el gas natural?

También hay vehículos impulsados por gas natural. El gas natural se extrae de yacimientos exclusivos de gas natural o de otros donde se encuentra combinado con el petróleo. En este caso se debe depurar y procesar en la refinería.

Reabastecerse en la toma eléctrica

Los automóviles eléctricos casi no producen emisiones ni ruidos en sus recorridos. No tienen tanque como los de gasolina sino una batería muy grande. Funciona igual que la batería de tu linterna; sin embargo, es mucho más grande. Para el "reabastecimiento" los automóviles se dirigen a una estación de carga ubicada en su ruta o en su garaje. En algunas ciudades hay vehículos que se pueden recargar sin cables y por lo tanto sin largos tiempos de espera.

La potencia de dos motores

¿Alguna vez has oído hablar de vehículos híbridos? Estos vehículos tienen un motor eléctrico y otro motor de combustión interna, por lo que pueden andar con gasolina y con electricidad. Al detenerse, se recargan las baterías y se ahorra combustible.

Bus híbrido

¿Qué hace mover el bus escolar?

Diésel y gasolina desde el campo

El aceite de canola y el aceite de girasol son deliciosos en la ensalada. Pero ¿sabías que los automóviles o los buses pueden funcionar con ellos? El biodiésel se produce, por ejemplo, a partir de aceite vegetal. Como norma se utiliza la colza que funciona tan bien para este propósito como el aceite para la ensalada. Los vehículos que necesitan exclusivamente gasolina súper también funcionan bien con bioetanol. Este combustible se hace del trigo, del centeno y de la remolacha azucarera.

Biomasa

También en la biomasa –que son todas las plantas, los animales y sus excreciones– se almacena energía que podemos usar. La madera, la paja, las plantas e incluso las pieles de vaca se pueden transformar en calor, electricidad y combustible.

¡No te puedes confundir! *Lo que parece aceite de ensalada es, en realidad, biodiésel.*

¿Por qué no lo hacemos todos?

El conductor del bus podría simplemente comprar una botella de aceite de canola en el supermercado y verterla en el tanque de diésel del vehículo. Esto es así siempre y cuando el bus pueda trabajar con el biocombustible, porque no a todos los vehículos se les puede poner aceite de ensalada en el tanque. El motor debe estar acondicionado para ello porque el combustible vegetal puede atacar las mangueras. Entonces, comienza a tener fugas y el vehículo se detiene. Si vas a tomar hoy un bus, le podrías preguntar al conductor con qué tipo de combustible se aprovisiona el vehículo.

La escuela

¿De dónde viene el papel de mi cuaderno escolar?

¿Puedes imaginarte cómo serían muchas cosas si el papel todavía no se hubiera inventado? Sin papel no existirían tu cuaderno de dictado, la lista de compras, las cajas de los cereales, los billetes de banco, los periódicos, el papel higiénico ni las entradas para cine. Qué bueno que hace mucho tiempo a alguien se le ocurrió la idea de buscar un material donde fuera fácil escribir. ¿A quién?

Papiro = papel

Hace más de 5000 años, los egipcios descubrieron cómo escribir sobre el papiro. El papiro es una planta que crece a orillas del río Nilo. Los egipcios cortaban tiras de las cortezas de los tallos. Luego las colocaban en agua para ablandarlas. Enseguida golpeaban y enrollaban las partes. Luego, estas se superponían horizontal y verticalmente, se prensaban y se secaban. Ya se podía escribir sobre el "papel". Nuestra palabra papel se deriva de este papiro.

Difícil de escribir

Antes de la invención del papel, las personas utilizaban todo tipo de materiales para escribir. La piedra, la arcilla, la madera, la cera y el paño servían de base. Esto era con frecuencia un trabajo muy difícil porque había que grabar los caracteres a golpes o rasgando la superficie.

¿De dónde viene el papel de mi cuaderno escolar?

"Papel" de los animales

El pergamino se convirtió en una alternativa para el papiro. Se trata de pieles de animales, por ejemplo, de vaca, de oveja, de cabra o de cerdo, a las que se les raspaba la superficie. Luego, se trataban con cal o potasa, se tensaban y se alisaban cuidadosamente. Cuando el pergamino ya estaba listo, se podía escribir sobre sus dos lados e incluso se podía utilizar varias veces. Para este propósito se raspaba la escritura anterior con una piedra pómez. Esto era algo así como un borrador.

De la prensa a la escritura

El predecesor de nuestro papel proviene de China. En el año 105 d. C., los chinos desarrollaron un método para producir papel a partir de cáñamo, hilos de seda o corteza de árboles. Este método llegó más tarde a Europa. Allí se utilizó por primera vez, pero únicamente a partir de las fibras que se tomaban de ropa usada. Las prendas hechas de fibras de lino se humectaban y se trituraban en molinos; posteriormente se comprimían y se secaban. Hoy en día el papel no está hecho de trapos, aunque el método de producción no ha cambiado mucho.

Qué ocurre con la piel de una vaca

Dice la sabiduría popular que nada dura más que el cuero de vaca. Es verdad que se trata de un material muy resistente. Sin embargo, usarlo para la escritura era problemático porque no tenía la flexibilidad del papel.

La escuela

La hoja del árbol

El papel no crece en los árboles, sino que se elabora a partir de ellos o, mejor, de la celulosa, una sustancia que se encuentra en las paredes celulares de los árboles. Debido a que consumimos demasiado papel, se talan muchos árboles. La producción de papel a partir de trapos no es suficiente para nuestras necesidades, y este proceso se utiliza para papeles de alta calidad. Ahora, la fabricación de papel se hace en grandes fábricas y no en molinos tradicionales.

Maderas duras o maderas de coníferas

Básicamente tú puedes hacer papel de cualquier tipo de madera. Las coníferas como el pino o el abeto tienen fibras más largas que la madera dura. De ellas se hace un papel más estable.

Del bosque a la fábrica de papel

Los árboles se cortan en el bosque, es decir, se talan, y se transportan desde allí hasta la fábrica de papel. En un tambor enorme se retira la corteza y el árbol se corta en trozos pequeños que se llevan a un recipiente grande, una especie de marmita gigantesca. Allí se calientan y se tratan con productos químicos para separar la madera de las fibras de celulosa. Para la fabricación del papel solamente se necesitan las fibras. En este momento no se parecen al papel sino, más bien, a una papilla sucia.

¿De dónde viene el papel de mi cuaderno escolar?

De la pulpa al rollo

La pulpa de celulosa se lava y se blanquea para que las hojas de papel adquieran un hermoso color blanco. Se mezcla con agua, se agita y se muele hasta que no queden grumos. Se agregan también diferentes minerales para que obtenga una textura suave o para darle color. Enseguida, esta suspensión fluye dentro de la máquina hacia unos tamices. El componente líquido se aspira y el material se comprime una vez más. Luego se combinan las fibras para formar una banda sólida de papel. Se hace pasar por rodillos para su secado y finalmente se enrolla en unas enormes bobinas.

Secado y enrollado

Del rollo al cuaderno

Con esta enorme bobina de papel se fabrica tu cuaderno de escritura. Para esto se imprime, por ejemplo, con líneas, se corta y se grapa. Se le coloca externamente una bonita cubierta de papel coloreado y ya puede despacharse a la papelería.

Papel hecho de papel

En la actualidad una gran cantidad de papel se elabora a partir de papel reciclado. De esta manera no es necesario talar un árbol. Puedes probarlo tú mismo. Pica en pedazos pequeños un periódico viejo y mézclalo con agua. Mezcla todo esto vigorosamente hasta tener una papilla pastosa y que no queden pedazos grandes en ella. Extiende la masa muy fina y uniformemente sobre un trozo de tela o fieltro, presiónala para expulsar el agua y deja que la hoja se seque. Has terminado de hacer tu hoja de papel casero.

La escuela

¿Cómo se convierte un grano en el pan del recreo?

Posiblemente, en tu mochila de la escuela llevas pan para el descanso. Un día lo acompañas con queso y otro con salchichas. El pan siempre se elabora de cereales. Para que el cereal se convierta en tu pan del recreo, los agricultores y los panaderos tienen que hacer mucho trabajo.

Los primeros campos de granos

Hace unos 10 000 años la gente comenzó a cultivar semillas. Las gramíneas se conocían desde hacía mucho tiempo, pero solo hasta entonces se empezaron a recoger y comer las semillas de las plantas silvestres. El cultivo de los cereales comenzó en un área fértil denominada la Media Luna Fértil. Esta es una región en el Medio Oriente, al norte de la península Arábiga.

Un campo de trigo

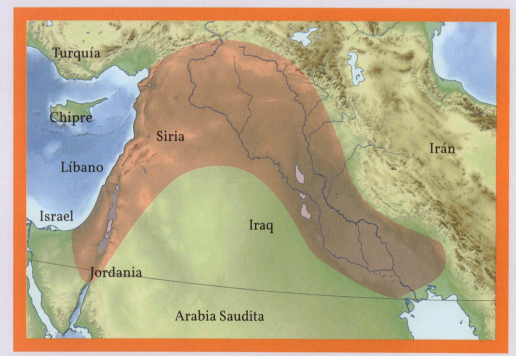

La denominada Media Luna Fértil – aparece aquí resaltada en rojo

Los cereales en el mundo

3500 años después, hace unos 6500 años, llegó a Europa el cultivo de los cereales. Se cultivó primero la cebada y más tarde el trigo y el centeno. En otros países y regiones, sus pobladores plantaron otras variedades de cereales. ¿Por qué? Porque, debido al clima y a los suelos, las otras variedades daban mejores resultados. Por esta razón, hoy la mayor parte del maíz crece en América; el mijo, predominantemente en África; el arroz, en Asia y el centeno, en Alemania.

¿Cómo se convierte un grano en el pan del recreo?

La siembra del grano

El agricultor siembra el grano durante el otoño; primero ara la tierra, y luego coloca en los surcos los granos que se usan como semilla. En la actualidad, este proceso ya casi no se hace a mano, para este trabajo se utiliza una gran máquina sembradora. El surco se cubre con tierra y el grano comienza a germinar en el suelo húmedo; muy pronto se ven en la superficie unas plántulas verdes y tiernas. Permanecen en reposo durante el invierno y continúan creciendo en primavera.

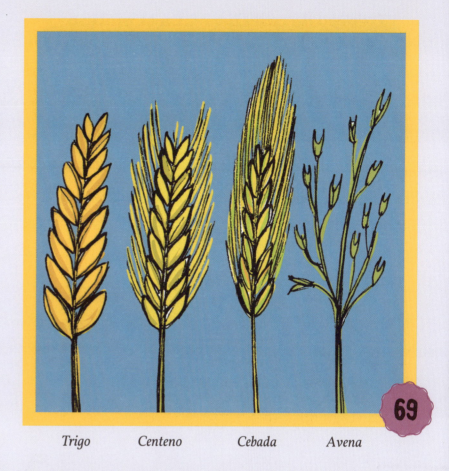

Trigo   Centeno   Cebada   Avena

Los cereales

Con el nombre de cereal se conoce un grupo de plantas gramíneas. Sus semillas son los granos de los cereales. Hay varios tipos de cereales: trigo, centeno, avena y cebada, pero también maíz, mijo y arroz.

Desde el tallo hasta la espiga

La pequeña plántula se convierte pronto en un tallo majestuoso. En su interior crecen las hojas y la espiga; finalmente, estas últimas salen del tallo. En la espiga se desarrollan los granos que se necesitan para el pan de tu descanso. Al principio, los granos son bastante verdes y suaves. En el verano maduran. Se puede decir que toman un tono amarillento y se vuelven muy duros; este es el momento de la cosecha. También el tallo se seca completamente y se vuelve quebradizo. Los granos se cosechan, el tallo permanece como paja.

La escuela

Tiempo de cosecha

Cuando el grano ya está maduro, el agricultor se dispone a recogerlo. Con una máquina cosechadora recorre el campo de arriba abajo. La máquina realiza simultáneamente varios pasos del trabajo; corta los tallos y trilla el grano de las espigas. Los granos se llevan a un recipiente grande dentro de la máquina y la paja se arroja de nuevo al campo. Una vez se llena el contenedor que recoge los granos, el agricultor vierte el contenido en un remolque. Esto lo hace la máquina con solo pulsar un botón.

En el molino

El grano se inspecciona tan pronto como se entrega al molino. Si está en buenas condiciones, se limpia y se separan los residuos de paja, tierra y piedras. Los granos se lavan y después se separan sus componentes. Mediante tamices se separan las cáscaras, el germen y la harina. Una máquina muy grande, la cribadora, utiliza tamices de diferentes tamaños para cernir la harina. Dependiendo del tipo de molienda se obtiene harina integral, sémola fina, salvado o harina. Con ellas se pueden fabricar diversos productos.

Deprisa

La cosecha se debe recoger solo cuando el grano está seco. El grano se estropea si está demasiado húmedo antes de la cosecha. Por esto, es necesario utilizar la cosechadora algunas veces durante la noche o el fin de semana y recoger los granos antes de la próxima lluvia.

¿Cómo se convierte un grano en el pan del recreo?

La masa

El ingrediente más importante para la elaboración del pan de tu descanso es la harina. Junto con agua, levadura y sal, el panadero la convierte en una masa. Una máquina grande amasa todo maravillosamente. Luego se deja reposar la masa por un rato. Durante este tiempo la levadura hace que la masa crezca y quede suelta. De la totalidad de la masa, el panadero separa partes más pequeñas. Le da forma de pan o de panecillo y la deja fermentar por un tiempo adicional antes de llevarla al horno.

En la panadería

Temprano en la mañana, puedes comprar los panes aún calientes en la panadería. El surtido es enorme. Se conocen más de 300 variedades de pan. Hay pan integral, pan de centeno, pan de trigo y panes con diversos cereales. ¿Cuál es el que más te gusta? En casa solo tienes que cortar una rebanada, envolverla y guardarla. Entonces ya estás listo para ir a la escuela y te puedes comer el panecillo del descanso.

Grandes panaderías

En las grandes panaderías industriales se hornean muchos panes y panecillos. La masa se transporta sobre largas bandas transportadoras y a lo largo de enormes pasillos, hasta salir horneada en el otro extremo de la máquina. Los productos horneados se empacan automáticamente y luego se entregan al supermercado.

La escuela

¿De dónde viene mi lazo para saltar?

Las cuerdas se pueden elaborar a partir de una amplia gama de materiales. Pueden usarse fibras naturales o fibras sintéticas como el nailon. Antes de que existieran los plásticos se utilizaban fibras de lino, cáñamo, fique, yute, algodón o coco para hacer cuerdas. Todavía se fabrican cuerdas a partir de fibras naturales, como las que se utilizan para escalar. También existen las cuerdas para saltar que se elaboran simplemente con fibra de coco.

Características de la palma de coco
- Crece en los trópicos.
- Llega hasta los 30 metros de altura.
- Tiene de 20 a 30 hojas.
- Las hojas son pinnadas y tienen hasta 6 metros de longitud.

El árbol de la vida

La palma de coco es un árbol muy útil. Ningún otro tiene tantas partes de las que se pueda sacar provecho. Por esta razón, las personas de las regiones donde se produce lo llaman el "árbol de la vida". Desde el tronco hasta las hojas y el fruto se pueden procesar. El tronco y las hojas se utilizan, por ejemplo, para construir casas. Las hojas se pueden trenzar fácilmente para elaborar cestas y bolsos. El coco proporciona una bebida refrescante: el agua de coco. La denominada leche de coco se utiliza para cocinar y la pulpa para hacer dulces. Con la fibra se pueden elaborar tapetes y esteras para el piso o también cuerdas.

¿De dónde viene mi lazo para saltar?

Trepar la palmera

Los codiciados cocos crecen en la parte alta del tronco. Crecen en plantas perennes, al igual que los bananos. Siempre hay de seis a doce frutos formando un grupo. Para llegar a ellos tienes que subir bastante alto. Por regla general, este trabajo lo realizan los jóvenes. Suben por el tronco y lanzan los cocos desde arriba. Este trabajo es muy peligroso porque las palmas son extremadamente altas. Con frecuencia se presentan accidentes.

El mono en la palma

Debido a que el trabajo para los recolectores es muy peligroso, en Tailandia también se utilizan monos para realizar esta tarea. Están entrenados para subir al árbol y aflojar los cocos girándolos. Ellos obedecen las órdenes que les dan los propietarios desde el suelo y pasan de una fruta a la siguiente. Estos monos cosechadores son muy valiosos para sus propietarios. Los mantienen como mascotas. Así como tú juegas con los gatos, los niños juegan con estos monos.

Características del coco

- No es una nuez sino una drupa.
- Color de la corteza: verde, amarillo, rojo.
- Su peso es de hasta 2.5 kilogramos.
- El núcleo está rodeado por una gruesa capa de fibra.
- Se cosecha cuando aún no está maduro.

La escuela

El coco se "desnuda"

Los cocos tal como están en el árbol tienen poco parecido con la fruta que puedes comprar en el supermercado. Esto se debe a que primero están rodeados por una gruesa capa de fibra. Todavía están "vestidos". Para fabricar cuerdas con ellos, se debe retirar la corteza de la capa de fibra. Entonces los montones de fibra se almacenan durante varios meses dentro del agua. La cáscara y las otras partes que son solubles en agua se descomponen durante este tiempo. La fibra permanece.

Coco fresco recién cortado del árbol

Fibra blanda, fibra dura

Si los cocos se recogen cuando todavía no están maduros, sus fibras aún están blandas. Con estas se fabrica, por ejemplo, tu cuerda para saltar. Las fibras de los cocos maduros son muy leñosas. Son demasiado difíciles de trabajar. Con ellas se hacen rellenos para colchones o asientos.

Unos cuantos golpes

Las fibras de coco se deben secar antes de procesarlas. Luego se golpean y se comprimen fuertemente para que se suavicen. Las mujeres, anteriormente, eran quienes hacían este trabajo; hoy en día lo realizan principalmente las máquinas. Si las fibras quedan muy suaves, adquieren la apariencia de la lana.

¿De dónde viene mi lazo para saltar?

Hilado

Las fibras del coco están ahora bien separadas, pero bastante revueltas. Lo ideal es retorcerlas para formar un hilo largo. Esto se puede hacer a mano o en una fábrica. Para hacer una cuerda sólida, las fibras se deben retorcer. Primero cada hilo individualmente, luego varios de ellos juntos. De esta manera, se puede obtener a partir de una cuerda delgada otra resistente, o una amarra, que incluso se puede utilizar para anclar gigantescos trasatlánticos. Retorciendo varias cuerdas gruesas se forma una soga.

El cordelero retuerce las llamadas "trenzas", que son los hilos individuales de una cuerda.

Hecha a medida

Dependiendo de su utilización posterior, la cuerda será más larga o más corta. Las cuerdas terminadas se pueden elaborar según una longitud dada o se pueden cortar después a la longitud que uno quiera. En este caso, se enrolla alrededor de los extremos una cuerda fina. Así no se desenrollará más tarde. ¡Tu cuerda para saltar ya está terminada!

Tenderse bajo las palmeras

Para muchas personas es una buena idea tenderse a la sombra de una palmera y soñar. ¿También lo es para ti? De ser así, echa primero un vistazo y asegúrate de que no haya cocos colgando en la palma. Cada año mueren cerca de 150 personas porque les cae en la cabeza alguno de esos cocos. ¡Es verdad!

La escuela

¿Cómo llega la tinta al estilógrafo?

Escribir con tinta es algo muy especial. Por lo menos eso piensan la mayoría de los niños cuando en la escuela se les permite escribir por primera vez con un estilógrafo. Pero ¿qué tan rápido se seca en el papel una línea de tinta o lo que se está escribiendo? Esto no era muy diferente en épocas anteriores, pero por supuesto que todavía no existían los correctores líquidos para eliminar el error; además, la tinta y el papel eran mucho más costosos que hoy.

Escribir como un egipcio

Hace 5000 años los egipcios comenzaron a producir tinta. La tinta, como tú la conoces hoy, en realidad no existía en ese entonces. Al papiro se le aplicaba con juncos –una hierba larga– una mezcla de agua y hollín. Esto producía unos caracteres de color negro. Para obtener una escritura de color rojo mezclaban el agua con una tierra que contenía óxido de hierro y un aglutinante.

Barniz y tinta china

Los chinos empezaron a escribir con una especie de barniz. Utilizaban el bambú como instrumento de escritura. Más tarde utilizaban tinta china en lugar de barniz. Estaba compuesta de hollín, aceite para lámparas y gelatina. Esta mezcla se prensaba para darle forma de barra y se secaba. Si se quería escribir algo, se frotaba un poco de polvo de la barra y se mezclaba con agua. Hoy todavía existen las barras de tinta. Se utilizan en la caligrafía, el arte de escribir.

76

¿Cómo llega la tinta al estilógrafo?

Cómo la picadura de una avispa se convierte en tinta

En escritos que datan del siglo III a. C. se encuentra la receta de la tinta ferrogálica. El ingrediente más importante son las agallas. Estas son excrecencias de la corteza del roble, que se producen cuando la llamada "avispa de agallas" entierra su aguijón en su interior. Las agallas trituradas se hierven en agua y luego se mezclan con sales de hierro y un aglutinante, como la goma arábiga. El aglutinante evita que la tinta forme grumos. Algo parecido ocurre con la leche. Si se forman coágulos, se estropea.

Tinta animal

Las sepias, parecidas a los calamares, pueden producir tinta. Para utilizarla se les debe retirar la bolsa de tinta, secarla, triturarla y luego molerla antes de mezclarla con agua y con un aglutinante. El resultado es un color entre negro y marrón, se llama sepia, debido al nombre del animal. Pero ¿se puede utilizar para escribir? De hecho, hoy se utiliza principalmente para darles color a algunos alimentos, como a la pasta, o para las acuarelas y la caligrafía.

Hasta hoy insuperable

La tinta ferrogálica es muy estable. Los documentos que se escriben con ella son legibles aún después de siglos. Por lo tanto los documentos importantes, tales como los contratos, todavía se escriben hoy con este tipo de tinta.

La escuela

Tintas de colores

Además del negro y del sepia, existieron otros colores de tinta. Se obtenían a partir de minerales, plantas o animales. Del jugo de los caracoles morados se obtenía una tinta rojiza. El amarillo, el verde y el azul se hacían a partir de colorantes o minerales como el cobalto. Incluso el oro y la plata se utilizaban para dar tonos de color. Sin embargo, estos colores especiales eran muy costosos y no se podía escribir con todos ellos.

Dispositivos de escritura de la época de antaño

Así como la producción de la tinta ha cambiado, los dispositivos de escritura también lo han hecho. Después de los juncos y el bambú se utilizaron durante siglos las plumas de las aves para escribir. A la parte más dura de la pluma se le retiraba la médula, se le endurecía el cañón y se le tallaba la punta.

La tinta hoy

Para que puedas escribir en la escuela con un bolígrafo o estilógrafo no tienes que secar previamente ningún calamar. ¡Por suerte! La tinta moderna para los estilógrafos se hace con agua y, sobre todo, con colorantes artificiales. Además del azul, el marrón, el verde, el negro y el rojo, dependiendo de la moda, se pueden obtener colores menos comunes como el naranja o el turquesa. Además del agua y el colorante se añade un conservante para que la tinta no adquiera moho, y también un medio para mantenerla líquida durante mucho tiempo.

¿Cómo llega la tinta al estilógrafo?

Manchones

Cuando se utilizaban pluma y tintero, la escritura era bastante tediosa. La persona que escribía siempre tenía que ser cuidadosa para no manchar de tinta el papel. Más tarde, se utilizaron plumas metálicas que se sujetaban a un portaplumas. Sin embargo, también era necesario sumergirlas en el tintero. Solo hasta el siglo XIX se empezó a utilizar la pluma o estilógrafo, que podían cargarse de tinta, pero su suministro no era uniforme; en algunos momentos fluía más tinta desde el dispositivo y en otros, menos. Este sistema todavía produce manchas en la escritura.

Un portaplumas con una variedad de plumas metálicas

... y un invento

Esta experiencia también la tuvo Lewis Edson Waterman (1837-1901), en Nueva York. Debido a que una gota cayó sobre el papel, no pudo cerrar un contrato. Enojado por este accidente, inventó una nueva pluma estilográfica. Esto ocurrió en el año 1883 y desde entonces existe un sistema de control que asegura un flujo constante de tinta.

El camino de la tinta

Colocas un cartucho de tinta dentro de la pluma fuente, presionas un pequeño tapón en el interior de este, que a su vez empuja una esfera ubicada dentro del cartucho. En este tapón hay dos canales delgados que van hacia la pluma. La tinta fluye por estos canales hasta la punta de la pluma. Cuando escribes, el papel absorbe la tinta. Al mismo tiempo, la tinta va saliendo del cartucho. Pero siempre fluye únicamente la que se utiliza. Así, ya no se volvieron a presentar más los manchones.

En el tiempo libre

Si tienes tiempo libre, quizá puedas ir a jugar fútbol con tus amigos o pintar con tizas un gran dibujo sobre la acera. En los días de sol, puedes comprar en el quiosco un helado con el dinero de la mesada, mientras que si está lloviendo armas rompecabezas cómodamente en tu escritorio. Hagas lo que hagas, encontrarás muchas cosas que otras personas construyeron, cosieron, imprimieron o mezclaron. Y a veces, como es el caso del yeso, la fábrica donde se procesan estos materiales está muy cerca de tu hogar.

En el tiempo libre

¿De dónde viene mi escritorio?

Casi todos los días estás sentado en tu escritorio. Allí dibujas o haces las tareas. ¿Tiene tu escritorio cajones donde puedas guardar los libros y un gancho para colgar la mochila? ¿Es nuevo o tu padre ya lo utilizó antes? En este caso, tu escritorio tiene una historia bastante larga... casi tan larga como la historia de la madera con la cual fue hecho.

Crece un árbol

En el bosque, los árboles jóvenes y los viejos se encuentran mezclados. Esto es importante para que el bosque no deje de crecer, para que se "rejuvenezca", como dicen los expertos. Si la semilla o el fruto de un árbol cae en el suelo del bosque, se puede desarrollar un árbol nuevo si se presentan las condiciones necesarias, tales como suficiente lluvia y nutrientes. Los árboles pueden llegar a tener varios cientos de años. Sin embargo, la mayoría se talan para usar su madera.

¿De dónde viene mi escritorio?

Punto y línea

El silvicultor busca los árboles que se deben talar. Para tu escritorio se elige específicamente un árbol que haya crecido derecho. Los árboles con los que posteriormente se fabrica el papel pueden estar un poco torcidos. El silvicultor marca con un punto o una línea todos los troncos de los árboles que selecciona. De esta manera, más adelante, los trabajadores encuentran el árbol correcto para talar.

"¡Atención, árbol al suelo!"

Los árboles se talan a mano o con máquinas. Cuando el bosque es muy denso o se encuentra en una pendiente empinada, se emplean leñadores para el trabajo. Si se utiliza una motosierra, primero se hace una muesca en el árbol antes de cortar completamente el tronco. Mediante cuñas se logra que el árbol caiga en la dirección deseada. Luego, se cortan en pedazos más pequeños todas las ramas y el tronco. La máquina cortadora de árboles, denominada taladora, hace todo este trabajo en una sola operación. Corta el árbol, le quita las ramas y lo corta en pedazos. ¡Y listo!

Descortezar y aserrar

Un camión lleva los troncos al aserradero más cercano. Allí los pone en una larga banda transportadora que los lleva hacia una máquina peladora, encargada de eliminar la corteza. Con el fin de facilitar el descortezado, los troncos se empapan previamente con agua. Luego, se calcula cómo se va a aserrar cada tronco. Esto se hace con un computador. Es importante que haya el menor desperdicio posible para que no se pierda parte de la madera. El árbol pasa por la sierra y se corta en las partes que se calcularon.

Exteriores e interiores

Debido a que el tronco del árbol es casi redondo, las tablas de la parte exterior siempre son algo más angostas que las de la parte interior. Estas tablas se denominan "tablas laterales" y las del centro se llaman "tablas del núcleo".

En el tiempo libre

De lo grueso se saca lo delgado

Si el tronco del árbol es muy grueso, en el primer corte se obtienen tablas relativamente anchas que se pueden seguir reduciendo en un segundo paso. Para esto, las tablas continúan por una banda hacia una sierra que las divide de nuevo. Se parece a lo que ocurre cuando partes un pedazo de pastel en tajadas más angostas. Con la sierra sinfín se cortan las tablas después a una longitud fija. De esta manera se pueden apilar correctamente.

Pieza por pieza

Para la superficie de tu escritorio necesitas una pieza gruesa de madera; para los cajones, tablas más delgadas y para las patas, posiblemente piezas cuadradas. La madera que se requiere para fabricarlo probablemente provenga de diferentes árboles.

Apilador de altura

La madera recién aserrada sigue siendo muy húmeda. Al fin y al cabo, tan solo unos días antes fluía la sabia desde la raíz hasta el tronco y finalmente hasta las hojas. Las tablas se deben secar antes de procesarlas. Esto es necesario porque la madera húmeda se deforma, es decir, se puede torcer. De suceder esto, tu escritorio no sería plano, sino ondulado. Las tablas se apilan en montones altos entre parales. A veces se almacenan durante varios años protegidas en bodegas especiales para madera.

¿De dónde viene mi escritorio?

En la carpintería

Las carpinterías compran madera seca para fabricar muebles como tu escritorio. La madera que se obtiene de los troncos de los árboles se corta en las longitudes adecuadas. Las tablas más largas se destinan para la superficie del escritorio y las más cortas para los cajones. Las superficies se hacen generalmente con varias de las tablas más grandes. Para ello las tablas se colocan una al lado de la otra y se pegan entre sí. Debido a que la madera es bastante áspera se pasa por una máquina que se llama "cepillo".

Madera y más

Si miras de cerca te darás cuenta de que tu escritorio no es solo de madera. Con tornillos y ángulos de metal se conectan las piezas individuales. Los cajones se pueden abrir con una manija y también puedes colgar tu bolso en el gancho.

Acabados hermosos

Tu escritorio está compuesto ahora por varias partes. La tapa superior se corta al tamaño correcto, se lija hasta que esté perfectamente suave y se redondean los bordes. Todas las demás partes se llevan a la pulidora. Para que la madera no se manche, se pinta varias veces con laca o pintura a base de aceite. Cuando todas las partes están terminadas se ensambla el escritorio.

En el tiempo libre

¿De dónde vienen los colores?

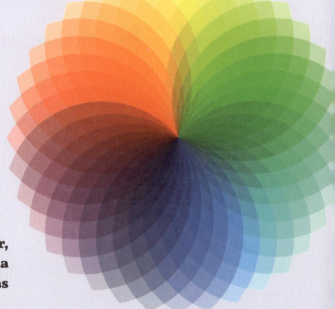

¿Puedes imaginarte lo difícil que sería vivir en un mundo sin color? Los colores están en todas partes: en las flores, en el pelaje de los animales, en la tierra y en el firmamento. Si el cielo es azul, tu estado de ánimo sube, si es gris, posiblemente te pongas triste. Los colores influyen en el estado de ánimo y también tienen un significado. El rojo representa el amor y el verde, la esperanza. No es de extrañar, entonces, que desde tiempos inmemoriales la gente utilice los colores para pintar y hacer más agradable su entorno.

¿Qué es arte rupestre?

Hace 30 000 años vivían los denominados hombres de las cavernas. Contrariamente a lo que sugiere este nombre, estos no pasaban la mayor parte del tiempo en cavernas oscuras, sino que vivían a cielo abierto. Sin embargo, en las cuevas se protegían de las tormentas y de los animales salvajes; también las utilizaban como una especie de centro cultural. En muchas de ellas se pueden encontrar pinturas rupestres muy grandes y pintorescas. ¿De dónde obtuvieron los colores?

Los colores de la tierra

Los lápices de colores, como tú los conoces, por supuesto no existían. Para pintar, los seres humanos hacían uso principalmente de la tierra y de las rocas. Habrás notado que la tierra tiene colores muy diferentes. Por ejemplo, los suelos arcillosos tienen un tono ocre. Los metales y los minerales que contiene la tierra le dan a esta un color marrón, negro o rojo. Y, como lo sabes, la tiza tiene un color blanco.

Pintura rupestre de un bisonte en las cuevas de Altamira, en España

¿De dónde vienen los colores?

Lengua azul, camiseta roja

Con toda seguridad, ya has experimentado con colorantes provenientes de las plantas. ¿Qué partes de la planta producen los diferentes colores? Algunas veces son los frutos, otras veces las hojas, la corteza o las raíces. Las cáscaras de las nueces frescas dan un tono marrón, la zanahoria, un color amarillo. Los arándanos te ponen la lengua azul y el jugo de cereza deja manchas rojas en tu camiseta.

Colorantes vegetales

Los hombres también han producido colores a partir de las plantas. Las raíces y las hojas de algunas plantas tiñen muy bien. Las hojas del añil, por ejemplo, producen un color índigo, que ya se conocía en la antigüedad. En algunos informes de combates se narra que los guerreros se pintaban la cara de un color azul verdoso para vencer a sus oponentes. Utilizaban resinas y jugos vegetales. A partir del carbón y del hollín se obtenía el color negro.

Colores de origen animal

Para teñir también se utilizaban la sangre y otros fluidos de procedencia animal. De la tinta de los calamares se obtenía el sepia, un color marrón oscuro, y de las glándulas del caracol morado se sacaba el rojo púrpura, un tinte demasiado costoso que solo podían utilizar los gobernantes.

El índigo se puede obtener de la denominada hierba pastel o de la planta de añil.

En el tiempo libre

Fabricación de colores naturales

Para extraer colores de las rocas, los hombres de la Edad de Piedra tenían que hacer un esfuerzo enorme. Las piedras se trituraban, se tamizaban, se lavaban y se secaban, y de esta manera se obtenía un polvo. El color de la pintura se obtenía al mezclarle agua, saliva o grasa. Los colores de origen vegetal se obtenían mediante la cocción en agua de pequeños trozos de plantas. Generalmente se esperaba unos pocos días antes de pintar o teñir un material. Era más fácil hacerlo con sangre de bueyes. No era necesario hacerle ningún tratamiento y daba un tono rojo marrón inmediatamente después del secado.

Colores artificiales

Los egipcios fabricaron los primeros colores artificiales hace 5000 años. Se obtenían mezclando diferentes materiales que previamente se habían quemado. El pigmento "azul egipcio" se produce a una temperatura de 1000 °C. Los minerales se fundían hasta obtener una especie de cristal. Después de enfriarse, se molían.

¿No tienes pincel? ¡No te preocupes!

Los pinceles estaban muy lejos de ser inventados en los tiempos de las tribus de las cavernas. La pintura se aplicaba con pequeñas ramas masticadas o con los dedos. Algunas veces el color se arrojaba directamente a las paredes.

¿De dónde vienen los colores?

Colores fabricados químicamente

Actualmente, la mayoría de los colores se producen mediante procesos químicos. Tienen la ventaja de ser más estables, no se decoloran tan rápidamente y se adhieren a la base durante más tiempo. Si pintas tu casa de juegos o un cuadro, el amarillo brillante permanecerá así durante bastante tiempo. Una ventaja adicional es que los tonos del color de todos los recipientes siempre se verán iguales. Por ejemplo, si tus padres compraron poca pintura para una pared y tienen que comprar un tarro adicional, el color del segundo recipiente es igual al del primero.

Agítala bien siempre

Las pinturas químicas están compuestas por un pigmento, un solvente y un aglutinante. El aglutinante garantiza que los elementos de la pintura se mezclen adecuadamente. La pintura que está en el cubo se debe revolver constantemente, debido a que al cabo de cierto tiempo el aglutinante se separa del pigmento. Puedes observar esto con las acuarelas. Allí, los pigmentos se precipitan al fondo cuando pasa mucho tiempo.

Colores con fórmula

Para que los colores siempre se vean iguales, todos los ingredientes que se utilizan en su producción se pesan exactamente según la fórmula. Esto es similar a hornear una torta.

En el tiempo libre

¿Qué es el dinero?

¿Te dan una mesada? Si es así, es probable que regularmente recibas unas cuantas monedas o incluso algún billete de banco por parte de tus padres. Con él, puedes comprar alguna golosina o algo para jugar. Puedes intercambiar los billetes o las monedas por otra cosa, por ejemplo, por un balón de fútbol hecho de cuero. Papel por cuero parece un buen negocio, ¿no es así? ¿Entonces, los billetes se hacen con papel y las monedas, con plata y oro?

Intercambio...

Anteriormente se solía intercambiar un pan por un pez o un asno por un cuchillo. El dinero, como lo conoces hoy, no existía. Las cosas que se necesitaban para vivir se tenían que intercambiar. Con el paso de las décadas, sin embargo, el trueque se volvió cada vez más difícil.

... o pago

Por ejemplo, si el herrero necesitaba verduras y los agricultores no querían clavos a cambio, no se podía realizar el trueque. Por esta razón, empezaron a usarse metales preciosos, como el oro o la plata, para el intercambio. El herrero pagaba las verduras con piezas de oro que el agricultor podía utilizar más tarde en la compra de otras mercancías.

Montones de dinero

Al comienzo, el dinero se contaba según el peso de los montones de metal. Las monedas que se utilizaban eran el cobre, la plata, el oro o una mezcla de los mismos. Así, se crearon los medios de pago.

¿Qué es el dinero?

Acuñación de las monedas

Las primeras monedas fueron acuñadas en el siglo VII a. C. En el territorio de la actual Turquía vivió el pueblo de los lidios. Su gobernante era el rey Creso. Por alusión a él se dice que un creso es un hombre muy adinerado. Con la acuñación de la moneda se garantizaba que cada moneda tuviera un valor fijo, de tal manera que el metal no tenía que pesarse. Según el tamaño, el valor era diferente. Por eso, hoy, las monedas que valen 100 pesos son más pequeñas que las de 1000.

Papel moneda

En algún momento, las existencias de oro y plata ya no fueron suficientes para acuñar las monedas que se necesitaban. Por esta razón se emitió el papel moneda. Era una especie de pagaré que le garantizaba al portador poder recibir bienes por el valor que venía escrito en el papel. Estos papeles no eran muy apreciados. En Europa se utilizaron a partir del siglo XVII, a pesar de haber sido inventados en China durante el siglo IX.

Los billetes de euros

Hoy en día es muy natural que pagues con billetes. Tienen impreso su respectivo valor, y están disponibles en todos los países del mundo. Ahora, si piensas que se trata solamente de papel y lo copias, te llevarás una sorpresa. No se puede copiar el dinero. Hacerlo está claramente prohibido. Las máquinas con las que se imprimen los billetes tienen instalada una medida de seguridad que impide que estos se puedan copiar. Además, el papel de los billetes tiene una textura completamente diferente. ¿De qué se trata?

En el tiempo libre

El papel moneda no es papel

Mientras el papel de tu cuaderno escolar está hecho de madera, los billetes de banco están hechos de algodón. Este material no es tan suave como tu camiseta, porque se fabrica de una manera especial. El proceso de fabricación de los billetes no se da a conocer para evitar que estos se puedan falsificar fácilmente.

Una característica de seguridad adicional es el hilo especial que se inserta.

Lo que sale mal
Los billetes que tienen errores en su impresión se clasifican y se pican, es decir, se destruyen.

Por seguridad

En la fabricación de los billetes no solo se utiliza "papel" especial como medida de protección, a fin de prevenir la falsificación. Además de contar con esta garantía, el dinero auténtico se reconoce, entre otras cosas, por el hilo de seguridad que se encuentra entretejido, por la marca de agua y por los grabados especiales que incluso se pueden sentir al tacto.

Impresión del dinero

No todo el mundo puede imprimir dinero. En casi todos los países hay un banco central, que es el único encargado de llevar a cabo esta función. Allí todo está bien protegido. Nadie puede entrar sin autorización. Se imprime en el papel especial que se describió anteriormente luego de haberle incorporado el hilo de seguridad y la marca de agua. Una máquina hace avanzar la hoja e imprime uno tras otro los diferentes elementos y colores. Las hojas impresas ya terminadas se recortan, se empacan y se conducen al banco.

La máquina de cortar billetes en una imprenta estatal.

¿Qué es el dinero?

¿Qué hay en las monedas?

En todos los países del mundo hay monedas de diferentes denominaciones, y según su valor, se componen de diferentes metales. Las monedas de menor valor están hechas de cobre, las que siguen están hechas de un material más valioso. Por lo general son mezclas de cobre, cinc, estaño y aluminio. Para los colores de las monedas se utiliza latón para el anillo y una aleación de cobre y níquel para el núcleo, en algunos diseños.

De dos se hace una

Observa las monedas; algunas están conformadas por dos piezas. Cada una de las partes se produce primero como una pieza en bruto. Luego se ensamblan y se prensan aplicando alta presión. Con toda seguridad, ya no las puedes separar nuevamente.

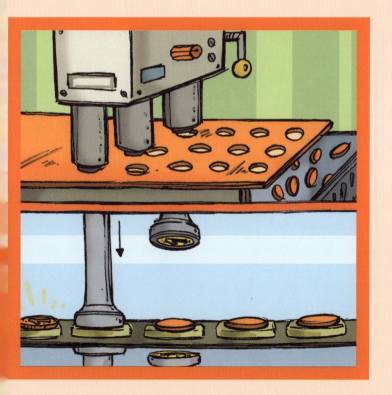

Cómo se acuñan las monedas

Para darles las caras a las monedas, primero se funde el metal. Luego se enfría, se lamina en una capa delgada y se troquelan las piezas en bruto de esta tira de metal. Todas tienen el mismo tamaño y el mismo espesor pero todavía no tienen ninguna de las "caras". Estas se consiguen comprimiéndolas a alta presión simultáneamente por encima y por debajo. Las monedas de latón se pasan por una estación adicional donde se les ondulan los bordes.

En el tiempo libre

¿Cómo se convierte un cuero plano en un balón redondo?

¿Te gusta jugar al fútbol? En esto no estás solo. Alrededor de 240 millones de personas persiguen este cuero redondo y buscan llevarlo a la portería del rival, bien sea con los pies o con la cabeza. Si funciona, la alegría es enorme y si no, la pelota es la culpable. Esto hoy puede sonar como una excusa, pero antes no era tan improbable, porque la pelota no siempre fue tan redonda.

¿Está todavía lejos la meta?

A principios de la Edad Media, en Inglaterra, se llevaba la pelota desde un pueblo hasta otro pueblo. El objetivo del equipo era llevar la bola hasta la puerta del pueblo del equipo contrario. En algunas ocasiones, los pueblos quedaban muy lejos unos de otros y era necesario recorrer varios kilómetros. Por suerte, hoy ya no existe un campo de juego de estas dimensiones.

¿Cómo se convierte un cuero plano en un balón redondo?

¡Mano o pie, no importa!

Hace 4000 años había ya en la China un juego que parecía una especie de fútbol, con el que los soldados se mantenían en forma. Los griegos y los romanos también tenían juegos con pelotas. Estaban elaboradas con cuero de animales y se rellenaban con vejigas de cerdo. Las reglas, como tú las conoces, aún no existían. El balón se podía tocar con las manos y las faltas no eran lo que son ahora.

El cuero se usaba antes

Anteriormente, los balones de fútbol se hacían con cuero. Para elaborarlos, la piel del animal se curtía y se cortaba en tiras que luego se cosían. En el interior se colocaba la vejiga de un cerdo llena de aire. Los balones eran todavía de color marrón y perdían su forma rápidamente por los constantes golpes y patadas. También absorbían agua y se hacían más pesados. Los lanzamientos precisos que puedes hacer con una pelota moderna no eran posibles con las pelotas de cuero.

Balones de plástico

El balón de fútbol que utilizas durante el entrenamiento es de cuero sintético. El material ofrece muchas ventajas: no se empapa con el agua, mantiene durante más tiempo su forma y es más ligero que el cuero. Para elaborar un balón, primero se debe hacer el cuero sintético. Consiste en una capa de material de espuma y varias capas de tela que se unen con un adhesivo de látex. A esto se le adhiere una película de plástico blanco. Las capas unidas entre sí se prensan y se secan durante la noche.

Muchas esquinas son redondas

La parte exterior de los balones de cuero estaba compuesta de paneles que tenían formas de pentágono y hexágono. Los pentágonos eran de color negro, los hexágonos blancos. Los primeros balones tenían 16 paneles. Ahora los balones de fútbol se elaboran con 32 piezas.

En el tiempo libre

Impresión y troquelado

Los balones ya no son marrones. Tampoco se hacen exclusivamente de paneles blancos y negros, sino que vienen con impresiones de colores brillantes, como, por ejemplo, el logotipo del campeonato mundial de fútbol. Los logotipos y las otras imágenes se imprimen en el lado blanco de una película. En el siguiente paso, los pentágonos y los hexágonos, los denominados paneles, se pegan a la placa de cuero artificial y se perforan los orificios para la costura posterior. Cada balón de fútbol tiene 20 hexágonos y 12 pentágonos. Para que se pueda inflar la pelota más adelante, uno de los hexágonos tiene un agujero en el centro, donde se ubica la válvula.

Paneles viajeros

Los paneles necesarios para fabricar una pelota se cuentan y se empacan juntos. Luego, viajan hacia Pakistán, donde se cose el 20 % de los balones de fútbol que encontramos en los almacenes, aunque en algunos países de Sudamérica se hace este proceso también.

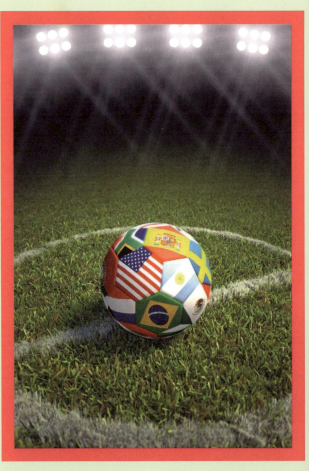

Aun cuando el color del balón de fútbol varía mucho, todavía los balones modernos se fabrican teniendo en cuenta los pentágonos y los hexágonos.

La costura

Ahora se pueden fabricar los balones de los equipos de fútbol. Para este propósito, los paneles se cosen siempre empezando por el lado izquierdo. El hilo es de plástico. Para facilitar la costura y posterior impermeabilización, los costureros lo frotan con cera. Se coloca un panel hexagonal al lado de otro pentagonal y se cosen con dos agujas. Una perfora los orificios por encima y la otra por debajo. De esta manera, la costura se vuelve muy estable.

También en Zambia se cosen balones de fútbol.

¿Cómo se convierte un cuero plano en un balón redondo?

Dos llegan a ser 32

La siguiente sección se ensambla a partir de las dos piezas que se cosen juntas. Cuando se hayan cosido 16 paneles en total, se habrá completado medio balón. Este se cose luego con su otra mitad. Antes de terminar el balón, se vuelve al revés. Esta labor es bastante agotadora y se hace para que no se vean las costuras. En el interior se mete una vejiga de goma donde previamente se ha colocado la válvula. La vejiga se junta al panel de modo que coincida con el orificio de la válvula. Luego se cierra la última costura.

¿Está todo bien?

El balón ya terminado inicia su viaje de regreso. Una vez nos llega, se infla adecuadamente y se inspecciona. ¿Permanece el aire en su interior? ¿Se mantendrán las costuras tan bonitas como están ahora? ¿Tiene el balón el peso correcto? Si todas estas preguntas se contestan con un sí, el balón puede ir al comercio y a los partidos oficiales en el campo de fútbol.

Cada Copa del Mundo tiene un balón oficial. Este fue el "Teamgeist" de Alemania 2006.

El más difícil de terminar

La última costura no se puede realizar desde la izquierda. Sin embargo, para que se vea tan bien como las otras, se utiliza una técnica especial. El hilo se coloca como un puente sobre las dos partes que se van a amarrar y se tira de las puntas para formar un nudo. La costura se vuelve hacia el interior y se hace invisible.

En el tiempo libre

¿De qué está hecho el yeso de mi vendaje?

¡Ah, caramba! Cuando estabas en pleno entrenamiento, hiciste un lanzamiento con todas tus fuerzas en dirección a la portería. Desafortunadamente, te caíste y te fracturaste el brazo. Ahora tienes un vendaje de yeso. Todo el equipo prometió firmarlo. Todos quieren saber cómo se siente el yeso, cómo se puso alrededor del brazo y si está hecho de piedra. ¿De qué está hecho realmente?

Los primeros moldes del cuerpo

El yeso se utiliza desde hace 10 000 años. A veces se usaba para cubrir las paredes exteriores de las casas, a veces para hacer vajillas o para tomar huellas o marcas. Los egipcios hacían esculturas y máscaras. Tal vez hayas hecho máscaras en la escuela. Hoy en día, los pasos a seguir son bastante similares a los de entonces. Los griegos, entre otras cosas, hacían moldes de yeso para sus esculturas.

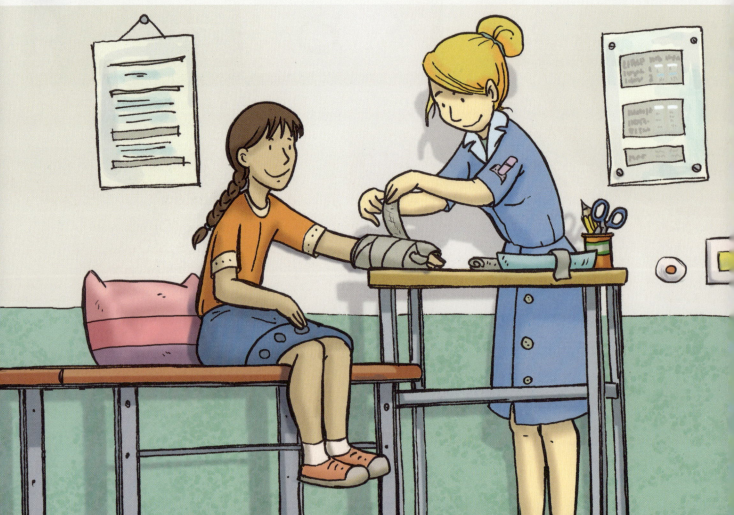

¿De qué está hecho el yeso de mi vendaje?

¿De dónde proviene el yeso?

Si hoy quieres hacer una máscara de yeso, vas a la ferretería o a la farmacia y allí lo compras. ¿Y los egipcios? Probablemente obtenían el yeso en canteras, porque este mineral es muy común en la naturaleza. Su nombre químico es sulfato de calcio.

¿Abajo o arriba?

El yeso se extrae tanto del subsuelo como de la superficie de la tierra. El proceso no difiere mucho de la extracción de otras rocas. Tal vez hayas estado ya en una mina; entonces sabes que hay túneles que se perforan dentro de la montaña. Este es el lugar de trabajo de los mineros, que rompen las rocas con máquinas. Este trabajo es algo más fácil cuando la mina es al aire libre, si las capas de yeso están separadas del resto de la tierra, la extracción del mineral se puede iniciar inmediatamente.

¡Atención, explosión!

Anteriormente, el yeso de las montañas se extraía y se trituraba cuidadosamente a mano. Hoy en día es mucho más fácil, ya que se utilizan explosivos por encima y por debajo de la superficie del suelo. Para este propósito se perforan orificios sobre la capa de yeso, a intervalos regulares. Luego, se colocan las cargas explosivas en los agujeros y se grita: "¡Protéjanse en un lugar seguro!". El explosivo se detona y con la ayuda de la máquina excavadora se recoge la roca triturada.

El viaje del yeso

El principal productor de yeso es China, le siguen Irán, Estados Unidos, Turquía y Tailandia. También se produce, a menor escala, en España, México, Brasil y Rusia.

En el tiempo libre

En la planta de yeso

Los trozos que se obtienen tras la explosión todavía son muy grandes y se deben triturar. Esto ocurre en una planta de trituración. Por lo general, se encuentra muy cerca de la mina, después, se lleva al molino de yeso. La roca previamente triturada se muele y tamiza hasta obtener un tamaño de grano determinado con precisión. Después se calcina en un horno grande. Así se obtiene el yeso en bruto.

El secreto del yeso

Cuando se lleva al horno, el yeso se deshidrata, se seca. Esto es similar a cuando se pone ropa mojada sobre un radiador. El agua se evapora a causa del calor. Sucede lo mismo con el yeso. Si después de la cocción se le agrega agua y se agita, se pueden obtener cosas completamente nuevas.

¿En qué me convertiré?

A partir del yeso en bruto se pueden producir distintos tipos de yeso en la planta procesadora, a diferentes temperaturas. Si, por ejemplo, se calienta el yeso a 80 °C, se producen estuco y yeso para hacer modelos. A temperaturas superiores a 300 °C se obtienen materiales para la construcción. El yeso cocido se procesa en forma de láminas o como yeso seco en forma de polvo, se empaca en bolsas y se entrega al comercio.

Todas estas hermosas decoraciones de la pared y del techo también se pueden hacer con un yeso denominado estuco.

¿De qué está hecho el yeso de mi vendaje?

Todo de yeso

El yeso se utiliza principalmente en el sector de la construcción. Puedes encontrarlo en forma de lámina de yeso para los acabados interiores o como yeso decorativo. Con el yeso se elaboran moldes para porcelanas y tejas; también moldes dentales y estuco. Los vendajes de yeso se utilizan en medicina, por ejemplo, en caso de fracturas, o en productos relacionados con el arte. También los crayones y las tizas están hechos de yeso.

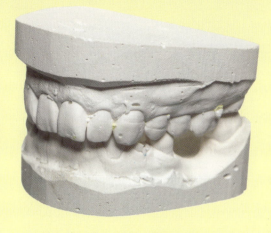

Aplicación del yeso

Las vendas de yeso de hoy en día consisten en tiras de algodón sobre las cuales ya está "pegado" el yeso. Solo se sumergen brevemente en agua y quedan listas para usarlas inmediatamente. El doctor envuelve el vendaje alrededor de tu brazo y acomoda suavemente el yeso. Unos minutos más tarde, está seco y te puedes ir a casa.

¿Y mi vendaje de yeso?

Antes de existir los vendajes de yeso, se aplicaban vendajes de arcilla. Más tarde se utilizaron vendajes con un pegamento que se tenía que dejar secar por mucho tiempo. Los vendajes de yeso existen desde 1851. Estos se hacían con vendas que el médico sumergía en yeso. Cumplían su función tan bien que el método poco ha cambiado desde entonces. Solo se mejoraron los materiales, el yeso y el algodón.

En mi casa

Todos los días te lavas las manos, todas las noches duermes debajo de la manta con tu almohada favorita. Los fines de semana tomas un vaso de jugo fresco y tus padres tal vez abran una botella de vino. Hay momentos particularmente cálidos cuando te reúnes por las noches a la luz de una vela. ¡Mira a tu alrededor! ¿Qué cosas de las que te rodean en tu casa las has hecho tú mismo, cuáles las hicieron otras personas o vienen de una fábrica? ¿Cómo se producen?

En mi casa

¿Cómo llega el corcho a la botella?

Para los cumpleaños o en la noche de San Silvestre, la víspera de Año Nuevo, suenan los corchos al salir de las botellas. Los adultos se reúnen con una copa de vino o de champaña en ese día tan día especial. Lo que produce el sonido "plop" cuando se abren las botellas es el corcho que se extrae. ¿Cómo se coloca realmente este objeto allí adentro, si casi no puedes sacarlo?

El alcornoque

El corcho proviene del alcornoque. Como los otros árboles de la familia de los robles, este puede ser enormemente grande, llegando a medir de diez a veinte metros de altura. Imagínate un edificio de cinco pisos: así de alto puede ser este árbol. Los alcornoques crecen lentamente y les gusta el calor. Este árbol lo puedes encontrar por los alrededores del Mediterráneo. La mayor zona de cultivo se encuentra en Portugal.

¿Cómo llega el corcho a la botella?

¿Y dónde está el corcho?

El corcho se extrae de la corteza. Para esto, el árbol no se tiene que derribar: basta pelar la superficie. La capa protectora de corcho se encuentra alrededor del tronco y lo protege del calor y la luz solar, como si fuera un abrigo. Esta capa se puede quitar sin poner en peligro el árbol. Está formada por células muertas que ya no están unidas al tejido vivo.

Pelar los árboles

Los corchos se pelan a mano. Si estás pensando en un pequeño cuchillo o un pelador de papas, estás equivocado. Los trabajadores retiran la capa de corcho utilizando unas hachas. Cuando lo hacen deben tener especial cuidado para no dañar la delicada capa denominada líber, porque a través de ella fluyen el agua y los nutrientes del árbol.

El alcornoque en números

Los alcornoques se pueden pelar cuando tienen una edad de 20 años. ¿Crees que es mucho tiempo? No, si se considera que estos árboles pueden llegar hasta los 250 años. Sin embargo, solo se pueden pelar después de 9 a 12 años a partir de la primera vez, porque la corteza toma su tiempo para volver a crecer. Cada corte produce aproximadamente 45 kilogramos de corcho.

Quién puede cortar la corteza

Solo se les permite a los trabajadores experimentados esgrimir el hacha frente a los viejos y valiosos árboles. A quienes todavía necesitan practicar se les asigna un árbol joven. Este trabajo se realiza de mayo a agosto, debido a que la capa de corcho es más fácil de retirar gracias al calor. Después de retirar la corteza, los trabajadores marcan los árboles con la fecha. Así, podrán saber que ese árbol estará listo nuevamente solo nueve años más tarde.

En mi casa

El troquelado de los corchos

La corteza está completamente doblada después del corte. Todavía tiene la forma del tronco. Entonces se calienta y se presiona junto con otras cortezas hasta que queden totalmente planas. En ese momento se parecen a una tabla gruesa. Entonces se divide en partes más pequeñas que, a su vez, se cortan en tiras. Cada una de estas tiras se lleva a una máquina que las corta con unos troqueles redondos. Las partes cortadas, los tapones, caen a un recipiente colector. Las tiras con agujeros se reciclan. Se utilizan, por ejemplo, en revestimientos para pisos.

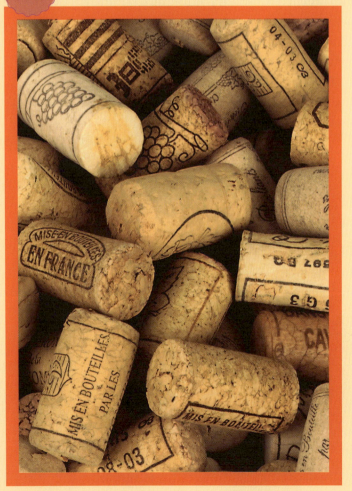

Una pequeña historia del corcho

Los antiguos griegos utilizaban los corchos para cerrar sus ánforas de vino. Desde el siglo XVII se utiliza el corcho principalmente con las botellas de vino espumoso, debido a que otros tapones permitían con frecuencia que se escaparan las burbujas de la bebida. Las botellas de vino espumoso aún hoy en día se sellan con corcho, pero para el vino existe ahora una gran variedad de tapones. Están elaborados, por ejemplo, de plástico. También se utilizan tapas de rosca.

¿De dónde eres?

¿Has mirado los tapones más de cerca? Entonces puedes darte cuenta de que en su superficie se imprime cierta información. ¿Qué se puede ver ahí? En el corcho por lo general se imprime el nombre de la bodega o, lo que es lo mismo, de su productor. De esta manera puedes determinar con el corcho de dónde proviene el vino de la botella.

¿Cómo llega el corcho a la botella?

Un poco de compresión

Las botellas se llenan en una máquina. Cuando el líquido ya está en la botella, el corcho se presiona sobre el cuello de esta. Se debe comprimir porque el cuello de la botella es más estrecho. Tan pronto como entra en la botella, el corcho se expande y esta queda hermética. Ahora nada puede salir de allí.

Llenado y taponado

Oler el corcho

¿También te resulta extraño que los adultos huelan el corcho cuando se abre la botella? Ellos hacen esto para comprobar si el corcho tiene un olor desagradable. Si el corcho tiene mal olor, el vino tiene mal sabor. Está acorchado, dicen los expertos. Los microorganismos presentes en la corteza son los responsables de esto.

De lo viejo haz algo nuevo

Cuando queda vacía, la botella se recicla. ¿Y el corcho? Con él puedes hacer hombrecitos o pequeños botes de bricolaje… o también puedes desecharlo. El corcho es una materia prima importante y se puede reciclar. En muchos municipios hay contenedores para depositarlos. Los tapones viejos se trituran y se muelen. Así se obtiene polvo y granulado de corcho. Algunos materiales aislantes se fabrican con este granulado de corcho; si se mezcla el granulado con el polvo y luego se comprimen, se pueden hacer bloques. Son útiles particularmente en la fabricación de entramados o armazones que se utilizan en el sector de la construcción.

Diferentes tapas de botellas

En mi casa

¿De qué está hecho mi vaso?

Todos los días te encuentras con el vidrio. Miras el jardín a través del vidrio de la ventana, cortas las verduras en un plato de cristal y sirves la leche en un vaso. Si se te cae, el vaso se rompe en un centenar de pedazos y debes comprar en la tienda uno nuevo. La tienda se lo compra a la fábrica donde se produce. Pero ¿de qué está hecho?

La fuerza de la naturaleza

Era factible encontrar vidrio antes de que el hombre lo hubiera inventado. Tal vez pienses que eso no es posible. Sin embargo, el vidrio se puede producir de manera natural, por ejemplo, cuando cae un rayo sobre la arena o cuando un volcán hace erupción. Debido al enorme calor que se produce, con la arena se forma una especie de roca vidriosa. Así se origina una obsidiana, una roca vítrea de color negro.

¿De qué está hecho mi vaso?

Los inicios del arte del vidrio

El primer cristal creado por manos humanas probablemente fue producto de una casualidad. Los científicos sugieren que se formó durante una quema de cerámica. En unas excavaciones se descubrió que el vidrio ya se producía en el Oriente Próximo 3500 años antes de Cristo. Sin embargo, todavía tomó cerca de 2000 años desarrollar la producción del vidrio. En Grecia, Egipto y China se crearon los primeros vasos, jarrones y collares, alrededor de 1500 años antes de Cristo.

Principalmente de arena

El vidrio se compone principalmente de arena —más exactamente de arena de cuarzo— junto con carbonato de calcio, dolomita, yeso y cal; estos ingredientes opacos producen un vidrio transparente. Con solo reunir estos cinco componentes, no pasa nada. Les falta el calor.

Se inicia en el horno

Todos los días, camiones o vagones de carga llegan a las fábricas de vidrio y descargan grandes cantidades de arena. De la misma manera llegan los otros ingredientes y se almacenan en grandes bodegas. Dependiendo del tipo y del color del vidrio a fabricar, todos los componentes se pesan con precisión y se mezclan perfectamente. La mezcla entra al horno de fusión. En algunas empresas tiene el tamaño de una piscina al aire libre. Su interior es increíblemente caliente. Las temperaturas están alrededor de los 1500 °C. Con este calor, la mezcla de arena se funde en cuestión de minutos, hasta que se obtiene una masa viscosa: la masa fundida de vidrio.

Diseñar, fundir, soplar

El vidrio se puede estirar, verter o soplar. La tecnología que se utiliza depende del tipo de vidrio. El vidrio plano de la ventana es diferente al de un florero redondo y multicolor.

En mi casa

Darle forma al vidrio

El vidrio fundido llega a la estación de procesamiento por medio de canales. Allí, la masa caliente se divide en fracciones, porque para tu vaso solo se necesita una pequeña cantidad. Esto es similar a cortar con tijeras el espagueti cocido. Aquí también unas tijeras cortan el hilo a intervalos regulares. Las gotas de vidrio caen en el molde. El vidrio se sopla para que se distribuya bien en el molde. Esto hará que tu vaso sea todo del mismo grosor.

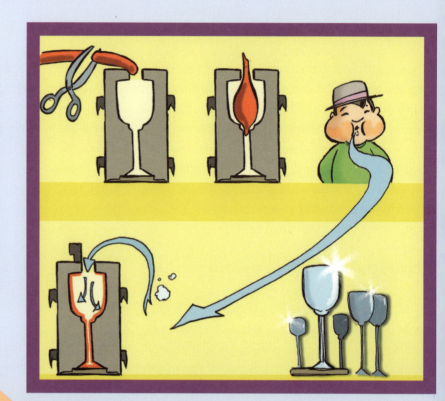

¡Grandes soplidos!

Cada vaso se inspecciona antes de llegar a la estación de embalaje. Un computador revisa posibles irregularidades y grietas. Si este detecta una unidad defectuosa, genera una corriente de aire que simplemente saca fuera de la cinta el vidrio que se encuentra en mal estado.

No te apresures

Cuando el vaso se retira del molde, todavía sigue muy caliente y de un color rojo brillante. En una banda larga se enfría poco a poco. Si la diferencia de temperatura es demasiado grande, se producen elevadas tensiones en el material y se rompe. El vaso ya frío entra a la estación de empaque y se coloca con otros vasos en un cartón. Entonces está listo para la entrega. Algunos vasos reciben previamente un tratamiento especial. Por ejemplo, se tiñen, se imprimen o se graban.

Esmeril para decorar el vidrio con patrones.

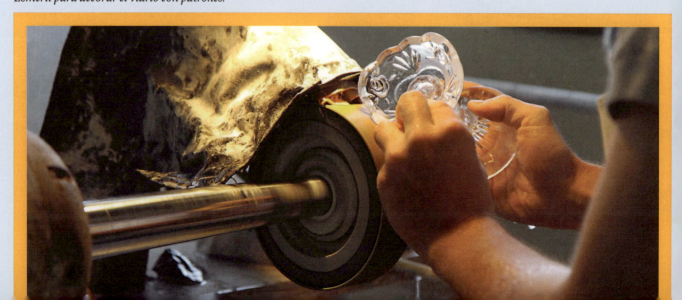

¿De qué está hecho mi vaso?

Todo hecho a mano

¿Alguna vez has visto a un soplador de vidrio? Ellos hacen el vidrio con los mismos materiales básicos que se utilizan en las fábricas. Sin embargo, cada vaso es único. El artesano sopla el vidrio con un soplete, una especie de cerbatana larga. Se toma un trozo de vidrio fundido, se hace girar y se sopla por medio de un tubo. Para obtener buenos resultados, el soplador de vidrio se debe entrenar durante años.

¿Viejo o nuevo? ¡Ambos!

También en la producción de vidrio nuevo se puede usar vidrio de reciclaje. Se coloca en el tanque de fusión. Como resultado, la masa se derrite aún más rápidamente.

Vaso de vidrio

Seguramente en tu casa se separan los residuos y llevas las botellas al contenedor donde se recoge el vidrio para reciclar. Este sirve para producir nuevos vasos y botellas. Un camión los transporta a la fábrica. Un imán separa las partes metálicas, los objetos livianos son expulsados por una corriente de aire y el plástico es retirado por un trabajador. Posteriormente, el vidrio se rompe en pedazos y se limpia antes de fundirse a temperaturas muy altas. A partir de esta masa de fusión se elaboran nuevos vasos y botellas.

En mi casa

¿Qué hay en el jarabe para la tos?

Tal vez hayas pasado alguna noche sin dormir, y tu mamá te habrá dado un jarabe para la tos. Si lo tomas con regularidad pronto estarás bien, ¿por qué?

¿Qué es la tos?

Cuando tienes un resfriado, toses. La tos es una señal de que tu cuerpo no está bien. ¿Qué sucede entonces? Cuando hay tos, por lo general se inflaman las membranas mucosas de las vías respiratorias, principalmente los bronquios. Estos producen una gran cantidad de mucosidad, más que de costumbre, que obstruye las vías respiratorias. Por otro lado, tu cuerpo se defiende por sí mismo. Intenta deshacerse de estas mucosidades por medio de la tos. El diafragma se contrae de repente y expulsa el aire de manera explosiva. Si las flemas se han aflojado un poco, las puedes eliminar con alguna facilidad. Esto no es malo sino beneficioso.

¡Taparse la boca!

¿Conoces la recomendación de ponerte la mano frente a la boca cuando estás tosiendo? Es un consejo bien intencionado pero no muy inteligente, porque así dejas todos los gérmenes en la mano. Si luego le das la mano a alguien o tocas las perillas de las puertas, inmediatamente distribuyes los gérmenes invisibles. En cambio, es mejor toser sobre la parte interna del brazo. Esto también se aplica a los estornudos.

¿Qué hay en el jarabe para la tos?

¿Seca o no?

Puedes tener tos durante un período largo. Toses continuamente pero la mucosidad está firmemente atrapada. Esa tos es diferente cuando se disuelven las flemas y se puede expectorar. Debido a que estas son dos clases muy diferentes de tos, también existen varias clases de medicamentos. Por eso, el farmacéutico te pregunta sobre el tipo de tos que tienes para así poder elegir el medicamento más adecuado para ti.

Las plantas curativas

Muchas de las plantas que conoces tienen efectos curativos. Este conocimiento no es nuevo. Ya en Neolítico, hace aproximadamente 13 000 años, los humanos recolectaban plantas, semillas y raíces para producir medicinas. Después de la invención del papel, los monjes y las monjas escribieron las recetas. Así se hicieron los primeros libros sobre plantas medicinales. En los monasterios había jardines donde se sembraban las hierbas beneficiosas. Algunas de estas no solo ayudan a recuperar la salud sino que también son adecuadas para la preparación de los alimentos.

Hierbas que ayudan a evitar la tos

El tomillo tiene un efecto espasmolítico, el hinojo y el anís promueven la expectoración. Puedes utilizar la salvia para hacer gárgaras. Esta ayuda a que los alimentos pasen más fácilmente desde la boca hasta el esófago y refuerza tus defensas, al igual que el saúco. La manzanilla alivia el dolor.

En mi casa

¿Jugo, té de hierbas o caramelos?

En todos los países encontramos varios tipos de plantas medicinales que pueden controlar la tos. Hay más de 50 especies. La forma como se preparan no es tan variada. Sin embargo, es necesario que el farmacéutico y tú se decidan por una de ellas. ¿Debe ser un jugo o un jarabe, un té de hierbas o un caramelo? Las hierbas medicinales se pueden agregar a estos medicamentos con el fin de combatir tus molestias.

A la orilla del camino

Muchas hierbas medicinales como la manzanilla crecen libremente al lado del camino. En el campo encontrarás algunas plantas que crecen silvestres. Sin embargo, cuando las recojas te debes asegurar de que no hayan tenido contacto con los gases de escape de los automóviles o con otras sustancias nocivas. Lávalas muy bien en casa.

Arriba puedes ver unos bronquios en estado normal; en el dibujo inferior están inflamados.

Cultivar y cosechar hierbas

Las hierbas medicinales se plantan o se siembran en una finca. Con ellas se hace un cultivo parecido a un jardín, con la diferencia de que en las fincas muy grandes se utilizan máquinas que ayudan en el trabajo. Es mejor recoger las hierbas en un día hermoso y soleado. Luego, se deben secar para su posterior procesamiento. Dependiendo del tipo de hierba, en la preparación del medicamento se pueden utilizar las flores, el tallo, las hojas, las semillas o la raíz de la planta. Casi siempre estas partes de la planta se utilizan en forma seca y triturada.

¿Qué hay en el jarabe para la tos?

En la farmacia

Muchos medicamentos son fabricados por grandes farmacéuticas, empresas que investigan y producen medicinas. Estas proporcionan a los mayoristas los productos terminados, a quienes el farmacéutico compra lo que necesita para la tienda. Pero también existen medicamentos que se producen directamente en la farmacia. Estos incluyen ungüentos que solo necesitan algunos clientes, o algunos medicamentos que se pueden producir con poco esfuerzo e ingredientes. Por ejemplo, el farmacéutico podría preparar tu jarabe para la tos. Las hierbas que necesite las puede obtener con un distribuidor herbal.

¡Mucha agua y té de hierbas!

Si tienes tos necesitas beber mucho. Tomar agua, té de hierbas o leche caliente con miel te hará bien. Una taza por sí sola no es suficiente, se requieren hasta dos litros por día. Debido al líquido, las mucosidades se vuelven más fluidas y fáciles de expulsar junto con los agentes patógenos que contienen.

Jarabes – actúan demasiado rápido

Para preparar el jarabe contra la tos el farmacéutico toma una cierta cantidad de hierbas trituradas: por ejemplo, la salvia y el tomillo. Se preparan como si fueran un té. Las hojas se filtran y el caldo se hierve nuevamente junto con abundante azúcar durante un tiempo. El líquido resultante se pasa por un filtro y se embotella. Finalmente, el farmacéutico le pega una etiqueta. En ella se escribe su contenido y la frecuencia con que se debe tomar. El farmacéutico también puede producir gran cantidad de ungüentos.

En mi casa

¿De dónde vienen las velas?

En todos los hogares se pueden encontrar velas, también en el tuyo. Tienen formas diferentes: velas largas, velas chatas, velas para candelabro o velas para la Navidad. Existen de todos los colores y también de muchos aromas. ¿De qué están hechas?

Una larga historia

Las velas han existido desde hace miles de años. Los romanos utilizaban, entre otros elementos de fabricación, el sebo, la brea y la cera. En las iglesias y monasterios medievales se utilizaba especialmente la cera de abejas de alta calidad.

Las velas que se hacían con esta materia prima eran muy costosas y solo las personas adineradas podían darse ese lujo. Cuando en el siglo XIX se obtuvo la estearina a partir del sebo y la parafina del petróleo, las velas se volvieron más económicas y, gracias a la mejora de los aromas, lograron también ser más populares.

¿De dónde vienen las velas?

Con los desechos del matadero

Antes de que existieran la estearina y la parafina —tú puedes investigar exactamente qué son— las velas se fabricaban generalmente con sebo. El sebo se obtiene cuando se sacrifica el ganado vacuno o el ovino. La grasa animal se fundía, se filtraba y se purificaba. Cuando estaba fría se convertía en una masa sólida. Luego se le daba forma y se le colocaba una mecha.

Cera de abejas perfumada

No es de extrañar que las iglesias prefirieran la cera de las abejas para sus velas. Las iglesias podían pagar esta costosa materia prima. Las abejas producen su propia cera. La utilizan en la construcción de los panales. La cera se produce en unas glándulas ubicadas en la parte inferior del cuerpo de estos insectos. Las abejas la expulsan y construyen celda por celda en el panal. La cera huele muy bien porque ha estado en contacto con la miel y el polen de las flores durante un largo período de tiempo.

Velas malolientes

Tal vez te puedas imaginar cómo huele cuando se hierven grandes cantidades de despojos de matadero. El sebo obtenido así olía muy mal. Además, la mecha producía hollín y era necesario cortarla regularmente. Tenías que taparte la nariz. ¡Imposible tener un momento agradable a la luz de una vela!

Recolección de la cera de abejas

El apicultor toma el panal de la colmena. Retira la miel y luego funde los panales. Las impurezas y otros componentes del panal se precipitan hacia el fondo de la marmita. La cera líquida flota y se puede recoger. Se calienta y se limpia de nuevo. Después se puede convertir en una vela. La cera de abejas es suave y simplemente se deja amasar a mano para darle forma.

En mi casa

¿Qué es la estearina?

La estearina es una mezcla de diferentes ácidos grasos. El nombre del producto proviene del griego *stear*, que significa sebo. Además de la grasa del ganado vacuno y porcino, se utilizan principalmente grasas vegetales, como el aceite de palma. La estearina no huele como las viejas velas de sebo y la cera se quema sin producir hollín. La próxima vez que compres una vela fíjate si es una vela fabricada con estearina.

Con los frutos de la palma de aceite se pueden producir velas.

No hay vela sin mecha

La mayoría de las mechas se hacen con hilo de algodón trenzado. Los hilos y las mechas terminados se tratan químicamente. Así, la mecha no sigue encendida cuando apagas la vela. La vela y la mecha deben coincidir. Las velas gruesas necesitan una mecha gruesa, para poder quemarse bien, y las velas delgadas necesitan una mecha delgada.

Velas de colores a partir de petróleo negro

La mayoría de las velas que se consiguen en el mercado están hechas de parafina. Se trata de una sustancia producida al calentar el petróleo crudo. La materia prima, que inicialmente es negra, se purifica y se procesa con métodos especiales, hasta formar un producto blanco e inodoro: la parafina. Las velas de parafina se queman silenciosa y uniformemente, y su fabricación es económica. Muchos fabricantes mezclan la parafina y la estearina. Esto se debe a que la parafina se funde a temperaturas más bajas que la estearina. Las velas producidas con esta mezcla se vuelven más duras.

¿De dónde vienen las velas?

Cómo se convierte la cera en una vela

Las velas se pueden producir de varias maneras, a partir de su materia prima básica, la cera. Se pueden estirar, prensar, fundir, amasar y moldear.

Velas por inmersión

Cada vez que la mecha se sumerge en la cera líquida, va aumentando el diámetro de la vela. Te lo puedes imaginar de la misma manera como se forman cada año los anillos en el tronco de un árbol. En cada inmersión la mecha absorbe cera. Una vez la vela se enfría se sumerge de nuevo. De esta manera, la vela adquiere un diámetro cada vez mayor. Al terminar el proceso, la vela se corta en varias partes. Otra posibilidad es colgar varias mechas de un marco y sumergirlas en la cera.

Velas prensadas

Las velas flotantes y los velones se presionan. Este procedimiento es rápido y económico. El polvo de parafina suelto se comprime a alta presión. Como resultado, los trozos pequeños se compactan y adquieren la forma deseada. La mecha se coloca posteriormente presionándola.

Velas vertidas

Con este procedimiento también puedes hacer velas en tu casa. Necesitas un molde, una mecha y cera líquida. La mecha se cuelga de la superficie del molde y se añade la cera líquida. Cuando la cera se enfría, se endurece y ya puedes encender la vela.

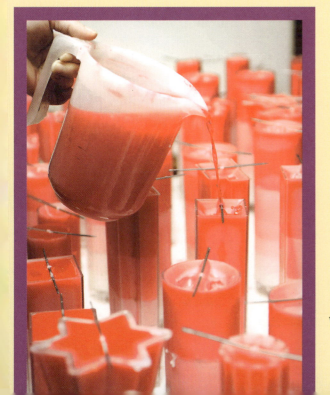

Velas vertidas

En mi casa

¿Por qué mi almohada es tan suave?

Antes de irte a dormir acomodas tu almohada. Esta se caracteriza por ser maravillosamente confortable y mullida. Tu cabeza casi se hunde en ella. Sin duda también hay almohadas suaves y grandes donde tu abuela. Cuando tu abuela todavía era niña, las almohadas se hacían artesanalmente. ¿Cómo era posible? ¿Qué tenían dentro?

Plumas en lugar de la piel de los animales

Para dormir necesitas una manta, pues, de lo contrario, te helarías. Podrías, como la gente en el pasado, acostarte debajo de una pesada bolsa de paja, envolverte en pieles de animales, utilizar una manta o meterte entre un edredón de plumas. Probablemente elijas el edredón, porque es suave, liviano y guarda el calor particularmente bien. Estas ventajas ya las conocían los antiguos alemanes, quienes también apreciaban los mullidos edredones.

De gansos y patos

Las plumas y los plumones de tu edredón vienen de los gansos y de los patos. Las plumas tienen un cañón. Son robustas y por lo tanto se pueden mezclar a menudo con plumones para rellenar las almohadas. Este relleno soporta mejor una cabeza pesada que un relleno hecho únicamente con plumones. Los plumones funcionan de forma diferente a las plumas. Parecen un pequeño copo de nieve, son muy suaves y extremadamente livianos. Las aves lo utilizan como aislamiento y, precisamente debido a esta propiedad, son ideales para su uso en edredones y almohadas.

¿Por qué mi almohada es tan suave?

Quitar las plumas a las aves de corral

Para poder conseguir las plumas y los plumones es necesario retirárselos a los animales. Esto sucede generalmente después del sacrificio que se hace en la planta de sacrificio avícola. Las plumas se remueven por medios mecánicos y se recogen en bolsas grandes. Igualmente se procesa la carne de los patos y gansos y luego se lleva al mercado.

Cuando están vivas

Las aves también se pueden desplumar manualmente. En el pasado, las plumas se les arrancaban a los animales cuando estaban vivos. Si esto no se hace durante la muda, cuando las plumas viejas se caen y vuelven a crecer nuevamente, se les causa mucho dolor a los animales. Por esta razón, no se permite el desplume en animales vivos.

Plumas blancas y grises

Las plumas y los plumones están demasiado sucios cuando se arrancan. Se transportan a la fábrica de almohadas, donde se limpian. En grandes máquinas lavadoras se retiran las impurezas. Luego, en secadoras tan grandes como casas, las plumas se agitan fuertemente hasta conseguir las características adecuadas. Debido a la limpieza, las plumas de color gris se ponen ligeramente más claras, pero nunca llegan a ser tan blancas como la nieve. Esto no es importante porque el color no tiene impacto en la suavidad ni en lo bien que calientan.

En mi casa

Llenar las almohadas

Para tu almohada necesitas, además de las plumas, un forro. De lo contrario, con la respiración se esparcirían por toda la habitación. El forro también se elabora en la fábrica. La batista o la tela de hilo o algodón se mide y se corta. Los trabajadores cosen el forro excepto por uno de los lados pequeños. Los forros abiertos se ponen dentro de una máquina. Esta funciona de forma similar a una aspiradora. Por un lado el dispositivo aspira las plumas y por el otro lado las expulsa. Las plumas caen directamente en el forro de la almohada. Esto es mucho más rápido que como se hacía en el pasado, cuando las almohadas se llenaban a mano. Había plumas volando por todas partes.

Por último

Si es correcta la cantidad de plumones y de plumas que entran a el forro, se cose la abertura. La almohada se somete a otros controles y luego la fábrica la entrega a la tienda donde la espera un comprador.

Únicamente por lujo

Los edredones son particularmente costosos. La idea de utilizarlos proviene de los patos eider, que cubren sus nidos con las plumas que arrancan de su pecho para proteger bien los huevos contra el frío. Cuando nacen los polluelos ya no se necesita este acolchado y se puede recoger. Está prohibido tomarlo de un nido donde el pato aún no haya terminado la incubación.

¿Por qué mi almohada es tan suave?

¿Por qué los plumones son tan calientes?

Los plumones no son planos. Si les echas una mirada de cerca, encontrarás que son tan tridimensionales como tu muñeco de peluche o tu coche de juguete. Consisten en millones de pequeñas ramificaciones muy suaves que se mantienen juntas. Un plumón puede contener mucho aire y esta capa de aire es lo que te calienta. El plumón puede hacer aún más. Puedes apretarlo y presionarlo tanto como quieras y siempre recupera su forma original. ¡Sacude la almohada y ya está!

Mejor sin plumones

Algunas personas son alérgicas a las plumas. Sin embargo, eso no quiere decir que no deban usar almohada. También se consiguen almohadas con rellenos sintéticos. Estos entran al forro en forma de vellones o de copos. El material es transpirable, ligero y fácil de lavar en las máquinas lavadoras. Existen otros materiales naturales, como la lana de la oveja de la raza merina o el pelo de camello, que también se pueden utilizar en las almohadas. Se pueden presionar como las almohadas de plumones, pero por lo general no son lavables.

Dormir sin doblarse

Si tienes frecuentes dolores de cabeza al levantarte, puedes ensayar con una almohada diferente. Existen almohadas especiales para el cuello que te aseguran que tu columna vertebral se mantiene recta y no se dobla.

En mi casa

¿De qué está hecho el jabón?

Tú utilizas el jabón varias veces al día. Después de ajustar los tornillos de la bicicleta, cuando tocas algo pegajoso y siempre antes de comer. Se encuentra en cada baño y a menudo también en la cocina, ya sea en barra o líquido en un dispensador. ¿Qué contiene y cómo se hace?

Una leyenda romana

Supuestamente las mujeres romanas lavaban sus ropas en el Tíber, un río que pasaba al pie del monte Sapo (nombre latino para la palabra jabón). La ropa que allí se lavaba quedaba muy limpia. Esto se debía a que muchos animales se sacrificaban y quemaban en la montaña. La lluvia arrastraba por la ladera las grasas de los animales junto con las cenizas. Por esto se formaba una espuma jabonosa que hacía que la ropa quedara particularmente limpia.

¿De qué está hecho el jabón?

La verdadera historia del jabón

Los romanos no fueron los primeros en descubrir que era posible limpiar con una mezcla de grasa y cenizas. El jabón se descubrió en el Oriente. La receta más antigua proviene de los sumerios. Tiene unos 4500 años y está tallada en una escritura cuneiforme sobre una tableta de piedra. Muchos pueblos, entre ellos los egipcios, los griegos y los romanos, producían jabón, pero durante mucho tiempo solo se utilizó para la limpieza de la ropa y como medicina. El jabón era un artículo de lujo. El uso que le das —el lavado diario del cuerpo, la cara y las manos— solo se inició a finales del siglo XIX.

La receta del jabón

Los sumerios mezclaban ceniza vegetal y aceite, los árabes hervían aceite y lejía. Hasta la fecha no se han realizado muchos cambios en el proceso de la producción de los jabones. El jabón está formado por grasas. Tú puedes encontrar algunas de ellas en tu casa. Las grasas vegetales adecuadas son los aceites de palma, de oliva, de coco y el de girasol. En el caso de las grasas animales se utilizan la manteca o el sebo del cerdo. Además de la grasa se necesita lejía, es decir, una sal. En el pasado se utilizaba la potasa o la soda; hoy los fabricantes de jabón utilizan el hidróxido de sodio o potasio. La lejía y la grasa se hierven juntas en agua.

Saponificación de los jabones

Cuando la grasa, la lejía y el agua salada se mezclan y calientan en una marmita, las sustancias reaccionan entre sí. Esta reacción química se llama "saponificación". Las grasas se descomponen en glicerol y ácidos grasos. Los ácidos grasos y los álcalis se combinan y forman el jabón.

Potasa

En un comienzo, la potasa se elaboraba con cenizas vegetales. La ceniza se lavaba con agua y la solución acuosa se calentaba luego en grandes ollas, también denominadas marmitas. Cuando el agua se evaporaba quedaba un polvo blanco, la potasa. Su nombre químico es carbonato de potasio.

En mi casa

En la fábrica de jabón

También en la fábrica los ingredientes para el jabón se llevan a una olla o marmita. Sin embargo, estas son mucho más grandes que las ollas de tu casa. El jabón se hace cada vez más viscoso a medida que se calienta. Inicialmente es completamente líquido, luego se vuelve cremoso. En la fábrica, un "cocinero de jabón" verifica constantemente si la masa en la marmita tiene la consistencia correcta. Después de un tiempo, se forma sobre la masa un material algo más viscoso, la base del jabón.

Con las nueces del Karité se fabrica la manteca de Karité, que sirve para producir un jabón muy perfumado.

Base del jabón

La base del jabón que se obtiene en la marmita es la base líquida del jabón. Con ella ya te puedes lavar las manos. Pero todavía se siente muy grasosa y se ve como un lodo brillante. Todavía no se puede vender.

De líquido a sólido

Para que el jabón se pueda vender más tarde en unidades, se tiene que secar en otro tanque. Una vez se evapora el agua necesaria, el jabón se parte en pequeños trozos. De esto también se hace cargo una máquina. Funciona de manera similar a una picadora de carne. La masa se presiona contra un molde perforado y se corta utilizando cuchillas giratorias. Se parecen un poco a las turbinas de los aviones.

¿De qué está hecho el jabón?

Cómo huele

¿Has visto alguna vez una base de jabón? No tiene color ni aroma. Para que esta se convierta en el jabón perfumado que tú conoces, se le adicionan la fragancia, el color y los agentes de cuidado y limpieza. Todo esto se mezcla bien, se le da forma y luego se seca de nuevo y se corta. Este material ahora sí tiene el color y el olor de un jabón perfumado.

Jabón en serie

Los jabones en escamas se transportan por una banda y se hacen pasar a presión a través de una boquilla. Por el otro extremo sale una tira interminable de jabón. Esta tira de jabón con forma de salchicha se corta en trozos con unas cuchillas y luego se presiona en un molde. A veces se imprime en relieve el nombre o logotipo de la empresa que lo produce. Continúa en cintas transportadoras hasta llegar a la estación de embalaje. Allí se empaca en una caja o en papel y queda listo para su venta en la tienda.

Cómo puede limpiar el jabón

Posiblemente te preguntes: ¿cómo puede un producto hecho de grasa y cenizas limpiar los dedos grasientos y sucios? Esto se explica porque ciertas moléculas del jabón atraen la grasa. De esta manera, solo necesitas enjuagarte con agua. La espuma del jabón también ayuda a limpiar. Las partículas de agua jabonosa se mueven entre la suciedad y la piel. Esto hace que sea más fácil de quitar la suciedad.

En mi casa

¿Cómo llega el aroma de las rosas al perfume de mamá?

Sin duda has olfateado las flores del jardín durante la primavera y el verano. Los lirios de los valles, las rosas, los jacintos y los claveles tienen un olor seductor. Pero también las especias y las hierbas como la menta, la lavanda, la pimienta y la vainilla tienen un olor muy especial. Los perfumes se pueden producir a partir de estas fragancias. ¿Cómo llega la fragancia al frasco?

Fragancias egipcias

Los antiguos egipcios sabían hacer fragancias a partir de las frutas y de las especias. Hace más de 5000 años ya producían fragancias y ungüentos de anís, romero, menta, tomillo y limón. Estos apreciados perfumes los daban como ofrenda a los dioses o a los muertos para su viaje al otro mundo. Fue más tarde cuando los seres vivos se empezaron a perfumar. Todavía hubo que esperar hasta el siglo XIV para que las costosas fragancias llegaran a Europa. Durante mucho tiempo solo se utilizaron para cubrir los malos olores corporales.

Per fumum

En tiempos pasados, las fragancias se quemaban con alguna frecuencia para rendir tributo a los dioses, mediante el humo aromatizado. La palabra moderna "perfume" se deriva del latín per fumum, que significa "a través del humo".

¿Cómo llega el aroma de las rosas al perfume de mamá?

Muchas maneras de perfumar

Hay diferentes maneras de obtener fragancias de frutas, flores, raíces y especias. Las fragancias se pueden extraer con vapor de agua o utilizando grasa fría o caliente. Puedes conseguirlas machacando las fibras o metiéndolas en alcohol. Puesto que la mayoría de estos métodos requieren de mucho tiempo y el perfume llega a ser muy costoso, muchas fragancias se producen hoy en día mediante procesos químicos.

Fragancia con vapor de agua

Las fragancias florales se pueden capturar con vapor de agua. Los especialistas denominan a esta técnica destilación. El agua se calienta hasta que se convierte en vapor. Los componentes fragantes de las flores o de la planta se suspenden en el vapor del agua. Las fragancias, los llamados "aceites esenciales" de las plantas, se disuelven en este vapor. Luego, cuando se enfrían y se convierten nuevamente en agua, los aceites esenciales flotan en forma de nata y se pueden recoger.

Atrapado en grasa fría

Las fragancias florales también se pueden atrapar con grasa. El término técnico de este proceso es "enflorado". Las flores se extienden sobre una capa fría de grasa de cerdo o de res. Es muy importante que la grasa no tenga olor. Las flores permanecen allí un tiempo, hasta cuando la grasa haya absorbido completamente sus fragancias. Las flores usadas se sustituyen por otras frescas. Cuando la grasa está saturada de fragancias, estas se disuelven con alcohol.

129

En mi casa

Baño en grasa caliente

También puedes obtener la fragancia de las flores utilizando grasa caliente. Los perfumistas llaman a este método "maceración". Para esto se utiliza grasa animal con olor neutro. Se calienta de 50 °C a 70 °C. Es una temperatura ligeramente superior a la del té caliente, pero no tan alta como la del agua hirviendo. Es muy importante mantener la temperatura adecuada, porque demasiado calor destruye las fragancias.

La fragancia más costosa

Disolver fragancias en grasa fría o caliente es muy complejo y costoso. Por lo tanto, muchos perfumes se elaboran con fragancias artificiales que se mezclan en los laboratorios.

Cambio de flores

Las flores no huelen indefinidamente. Posiblemente ya has podido determinar por ti mismo que las flores silvestres que has recogido dejan de oler en un momento dado. Por eso, luego de calentar las flores en la grasa, estas se retiran cuidadosamente y se reemplazan por flores frescas. Si ya la grasa ha absorbido suficiente cantidad de fragancia, se disuelve en alcohol.

¿Cómo llega el aroma de las rosas al perfume de mamá?

Una buena mezcla

La mayoría de los perfumes contienen un 80 % de alcohol. A este se le adicionan agua destilada y fragancias. Cuanto mayor sea la proporción de fragancias en el perfume, más costoso y de más alta calidad es. Una *Eau de Parfum*, por ejemplo, contiene hasta el 20 % de las fragancias, pero una *Eau de Toilette* solo contiene hasta el 9 %.

Fragancia prensada

Los aceites esenciales, como por ejemplo los de los cítricos, también se pueden obtener por prensado. Los aceites se absorben y se procesan posteriormente. Tú mismo puedes ensayar este sistema de manera fácil con una naranja o un limón. Presiona un poco la fruta. ¿Durante cuánto tiempo se mantiene el aroma en tus dedos?

Cabeza, corazón y fondo

La mayoría de los perfumes contienen fragancias muy diferentes. El perfumista tiene la difícil tarea de mezclar el perfume perfecto. La fragancia de un perfume cambia cuando lo aplicas sobre la piel. Entonces el experto habla de diferentes notas olfativas: la nota de la cabeza, la nota del corazón y la nota de fondo. En la nota de la cabeza apenas se percibe el olor, luego está la nota del corazón. La nota base o de fondo permite detectar el olor en la piel aún después de algunas horas de haberlo aplicado.

Mi ropa

¿Puedes tejer, hacer ganchillo o coser? Si es así, debes saber cuáles son los pasos necesarios para terminar una bufanda o un suéter. Igualmente, cuando has escogido materiales para tu ropa o también para tus joyas, ya sabes de qué están hechos. Queda abierta la pregunta de dónde vienen estos materiales y cómo se elaboran. Te sorprenderás al conocer de dónde proviene la plata, la seda, etc., y todo lo que se tiene que hacer para producir la ropa, el calzado o las joyas.

Mi ropa

¿De qué está hecha mi camiseta?

¿Cinco, siete o doce? ¿Azules, verdes o blancas? ¿Con algún texto o más bien con puntos? ¿Cuántas camisetas guardas en tu armario y cómo se ven? ¿Tienen mangas largas o cortas? ¿Qué te pondrías si no tuvieras camisetas? Tal vez las camisetas no sean parte esencial de tu vida. ¿Dónde podemos encontrar esta importante prenda de vestir?

Cotton = algodón

Si miras la etiqueta de tu camiseta encontrarás el nombre de la fibra con la que se fabricó. *Cotton* o algodón dice allí. La primera es la palabra inglesa para el material, la otra el nombre en español. El algodón es una planta; las fibras de algodón con las cuales se hace tu camiseta son los pelos de la semilla del algodón.

De viaje por el mundo

El proceso que va desde las semillas de algodón hasta las camisas requiere que se haga un largo camino por todo el mundo. El algodón se siembra y se cosecha, por ejemplo, en los Estados Unidos. En Bangladés se limpia y se hila. Algunas veces, los rollos de tela continúan su viaje para el corte y la confección. Después se envían a otros países por tierra o por avión. Seguramente tu camiseta, cuando está en tu poder, ya ha viajado por países más lejanos de los que tú has visitado.

¿De qué está hecha mi camiseta?

Dónde crece tu camiseta

El algodón se cultiva con mayor frecuencia en Asia. Pakistán, China e India figuran entre las principales zonas de cultivo. Además, la planta crece en los estados del sur de los Estados Unidos. El algodón crece mejor cuando el clima es agradablemente cálido y soleado. También necesita de mucha agua. Las semillas de algodón se siembran y se cubren con tierra. Alrededor de una semana después aparecen las primeras plántulas verdes. En julio y agosto florece el algodón. Si la flor se poliniza se desarrolla una cápsula de semillas en su interior.

Palomitas de maíz en el campo

Cuando el algodón está maduro, la cápsula de la fruta se abre. Es algo parecido a lo que ocurre cuando el maíz se convierte en palomitas de maíz. De cada cápsula surge un penacho blanco y lanudo: la fibra de algodón. Se debe recoger siempre y cuando esté seca. La cosecha puede tardar varias semanas, ya que no todas las plantas maduran al mismo tiempo. Los recolectores deben ir tres o cuatro veces al mismo campo.

¿Manual o con máquina?

El algodón se puede recoger a mano o con máquinas. En los países más pobres generalmente se cosecha a mano. Las máquinas son demasiado costosas y la mano de obra, en cambio, es económica.

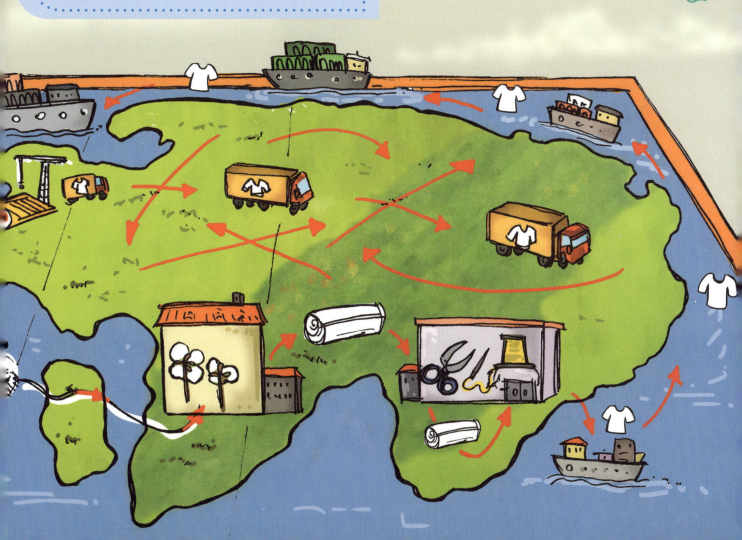

Mi ropa

Solo es suave sin las semillas

Las semillas continúan dentro de las fibras del algodón. Este se peina con máquinas. El experto llama a este proceso "despepitar". Las semillas se pueden transformar en grasa o jabón. El algodón —ahora completamente esponjoso— se comprime en grandes fardos y se empaca en bolsas de yute. Luego se entrega a las hilanderías.

Diferentes tejidos

El algodón se transforma en tela; el tejido que se hace en casa también se puede hacer en las fábricas, donde hay máquinas de tejido de punto y telares. En las fábricas se producen las telas a una velocidad mucho mayor que si lo hicieras tú mismo.

En la hilandería

Los fardos prensados se abren con una máquina. Posteriormente se dividen en porciones más pequeñas, que se deben limpiar una vez más para eliminar las últimas hojas o cápsulas. A continuación, se carda el algodón, lo que significa que todas las fibras se alinean paralelas entre sí. Una máquina hace este trabajo y luego convierte las fibras en una hebra larga. El algodón se hace girar hasta obtener un hilo muy largo que luego se enrolla. El algodón ahora se ve tal como lo conoces, pero el "ovillo" es mucho más grande.

¿De qué está hecha mi camiseta?

Ahora es de colores

El algodón es blanco. Si solo tuvieras camisetas de este color sería un poco aburrido. Para evitar esto se tiñe el algodón. Rojo, azul, amarillo: todos los colores son posibles. La tela, una vez terminada, también se puede imprimir o estampar. Las bandas de tela se enrollan en fardos grandes y se cargan. Ahora van camino a la fábrica de confecciones.

La camiseta interior

¿Sabías que en muchos países la camiseta solo se hizo popular en la década de 1960? Antes de ese tiempo las camisetas de mangas cortas se llevaban solamente debajo de las camisas o de los suéteres. Era parte de la ropa interior y con ella no salías a la calle.

Con aguja e hilo

En el taller de confección, una máquina corta cada una de las partes de tu camiseta. Descubrirás cuántas partes son si la observas con detalle. Las partes individuales se cosen, se les pone una etiqueta en el cuello y ya queda terminada la prenda. Se empaca y, junto con muchas otras, se monta en grandes contenedores que van por barco a diversos continentes. Después de descargar los contenedores, el cargamento continúa su viaje por camión. Las camisetas se entregan al mayorista o directamente a las tiendas donde puedes comprarlas.

Mi ropa

¿De qué están hechas mis botas de caucho?

Son prácticas, robustas, lavables y, sobre todo, impermeables. Esto las hace muy populares tanto entre los niños como entre los padres. Con ellas puedes saltar en los charcos, caminar por playas de aguas poco profundas o jugar en terrenos con barro. Las botas de caucho son, por lo general, bastante modestas pero requieren de mucho trabajo. La materia prima para elaborarlas viene de lejos.

El árbol llorón

La materia prima para tus botas impermeables viene del árbol del caucho. Este crece hoy en día principalmente en grandes plantaciones en Asia, en países como Tailandia, India y China. Sin embargo, fueron los primeros habitantes de Centroamérica y Sudamérica, los mayas y los quechuas, quienes empezaron a utilizar la savia del árbol. Alrededor del año 1600 a. C. ya hacían algunos objetos con este material elástico. La palabra caucho significa "lágrima del árbol". Se deriva de las palabras indígenas *cao* y *ochu*: árbol y lágrima.

Pelotas de caucho y ofrenda

Los mayas utilizaban la savia del caucho para muchas cosas: ropa impermeable, pelotas para jugar, mangueras y vasijas, pero igualmente como ofrenda. También hicieron las primeras botas de caucho simplemente vertiendo el jugo líquido del árbol sobre sus pies.

¿De qué están hechas mis botas de caucho?

Recoger la savia

Quizá hayas visto alguna vez cómo se obtiene la resina de los pinos. De forma similar se recoge la savia del árbol del caucho. Los trabajadores de las plantaciones hacen un corte en el tronco con un cuchillo. Recogen la savia blanca del árbol en una artesa inclinada. De allí la savia cae a un recipiente que los trabajadores han colgado más abajo. Debido a su color, la savia del caucho también se llama "jugo de leche". Otra palabra con la que también se denomina es "látex".

Cortar con mucho cuidado

Los árboles de caucho pueden alcanzar hasta los treinta metros de altura y el tronco un diámetro de hasta un metro. Si se tratan con cuidado pueden producir látex hasta por treinta años. Esto quiere decir que el corte para extraer la savia no debe ser demasiado profundo. Solo puede afectar la corteza pero nunca el núcleo.

Del látex al caucho

El látex se recoge en tanques y luego se limpia. Se retiran algunas pequeñas partes de la corteza y las impurezas. La leche se mezcla en grandes recipientes junto con ácido acético. Esto produce una masa gruesa y viscosa, el caucho crudo. Se limpia, se seca y luego se lamina en placas delgadas. En una zona de secado, se cuelgan las placas como la ropa recién lavada y se recogen unos días más tarde.

Mi ropa

En todo el mundo

Los fardos de caucho se envían a todo el mundo. Esta materia prima natural es muy codiciada y se utiliza en muchos productos. Cuando caminas por tu casa puedes encontrar un montón de cosas hechas de caucho. Empaques de ventanas y puertas, mangueras, neumáticos, guantes, globos, espuma de caucho, gomas de borrar, por supuesto, pelotas.

En la fábrica de botas

Antes de que el caucho crudo se convierta en una bota, pasa por varias estaciones en la fábrica de botas. Primero se mezcla con diversos ingredientes; un mezclador gigante amasa el caucho, los pigmentos de color, el azufre y los ingredientes secretos. Puedes imaginar esto como la mezcla de los ingredientes cuando se va a hornear una torta. Enseguida, la masa se exprime y se prensa entre dos rodillos gigantes hasta obtener una superficie uniforme.

¿Realmente es caucho?

Aun cuando muchos artículos se consideran de caucho, en realidad no tienen nada qué ver con el caucho natural. Por ejemplo, la goma de mascar se fabrica, en su mayor parte, con plásticos derivados del petróleo. La mayoría de las llamadas botas de caucho ahora se fabrican con plástico. Además de ser más económico, el plástico permite una mayor velocidad de producción. El caucho natural, por otro lado, es muy importante para la producción de las ruedas de los vehículos. El 70 % del látex que se produce en el mundo lo compra la industria automovilística.

¿De qué están hechas mis botas de caucho?

El troquelado de las botas

Cuando se lamina, el caucho se calienta demasiado. Para evitar que se contraiga y pierda su forma original se enfría rápidamente. Ya en este momento es posible, a partir de la lámina de caucho, darles forma a las botas. Un par de botas sencillas pueden tener hasta 30 partes. Se deben ensamblar en el orden correcto.

Las botas como un rompecabezas

Para que las botas tengan la forma correcta, los trabajadores utilizan moldes de metal. Estos ya parecen botas. El forro interior de la bota de caucho se diseña con una forma similar a la de un calcetín. Se puede fabricar de neopreno grueso o de un tejido más delgado, como el algodón. El forro se cubre con látex líquido, se seca y se pega poco a poco con las piezas de caucho de la parte externa de la bota.

Hornear las botas

Para que tus botas de caucho no se deformen más tarde, se calientan en un horno. El experto habla de "vulcanización". Las botas permanecen en el horno durante un poco más de una hora, a 140 °C y a alta presión. Las partes independientes de caucho que se pegaron se funden en una unidad inseparable. Después de enfriarse, la bota se puede sumergir en un baño de laca para que se vea brillante.

Mi ropa

¿Qué tiene que ver una oruga con la corbata de papá?

La seda es liviana y maravillosamente suave. Es fresca en el verano y caliente en el invierno. Se puede utilizar para elaborar ropa, como blusas y ropa interior, pero también existen las alfombras de seda. La seda fue alguna vez tan valiosa que superaba el valor del oro. Hoy en día esta tela sigue siendo costosa, pero está disponible en casi todos los hogares. Basta con mirar la canasta del costurero de tu casa —tal vez encontrarás seda para coser— o en el armario de papá. Allí podrás encontrar una corbata de seda.

El descubrimiento de la princesa china

Según la leyenda, la princesa china Xi Ling Shi descubrió hace más de 5000 años las orugas que se comían las hojas de la morera en su jardín. Al lado de las orugas encontró algunos capullos blanquecinos. Cuando uno de ellos cayó dentro su té pudo observar que un hilo muy delgado salía de él. Lo envolvió y no solo descubrió el secreto de los gusanos de seda sino que también inventó el arte de hilar la seda.

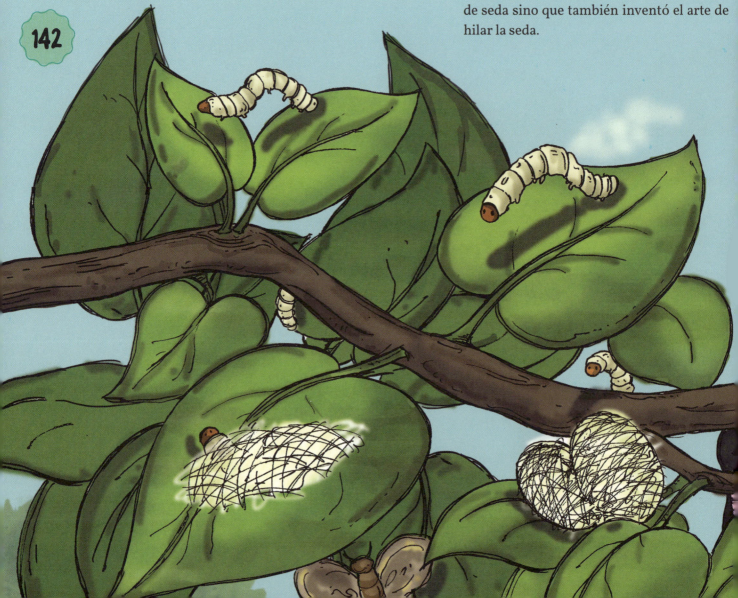

¿Qué tiene que ver una oruga con la corbata de papá?

El secreto

Durante más de 2000 años los chinos guardaron el secreto de la producción de la seda. Por mucho tiempo fueron los únicos que pudieron producir este material tan valioso. Por la Ruta de la Seda, una ruta comercial de 10 000 kilómetros de longitud, entre China y Europa, se transportó la seda y se vendió en su destino por enormes sumas de dinero. No pocas veces los ladrones atacaban las caravanas y les robaban su preciosa carga.

El nacimiento del gusano de seda

El gusano de seda se convierte en una mariposa que tiene un color entre blanco y gris. Este gusano produce la seda fina. Como todos sus congéneres, pasa por cuatro etapas. Inicialmente, cuando sale de uno de los huevos, es completamente negro y tiene el tamaño de un alfiler. Más tarde la oruga se vuelve blanca.

Transformación milagrosa

La oruga crece rápidamente. Entre los 30 y 40 días después de la eclosión ya se ha desarrollado completamente y puede convertirse en crisálida. Para esto, se envuelve en un capullo de hilos de seda. En un término de 10 a 15 días se convierte en mariposa. Este proceso se llama "metamorfosis". Cuando nace la mariposa solo vive durante unos pocos días, el tiempo suficiente para reproducirse y poner huevos. Mucho esfuerzo, ¿verdad?

Crecer con la piel

El gusano de seda cambia de piel cuatro veces a lo largo de su vida. Esto ocurre porque crece muy rápido. De lo contrario su piel le quedaría demasiado apretada. Contigo pasa lo mismo. Tu piel crece contigo pero necesitas ropa nueva con regularidad porque la vieja ya te queda pequeña.

Mi ropa

Glotón

Los gusanos de seda devoran. Desde el momento en que salen del huevo no hacen casi nada más que comer; su hambre es enorme. Todos los días comen lo equivalente a su propio peso. Tú nunca podrías hacer lo mismo en la vida. Estos gusanos se alimentan de las hojas de la morera blanca, lo cual explica por qué se han organizado grandes plantaciones de sericultura, donde crecen los árboles de morera.

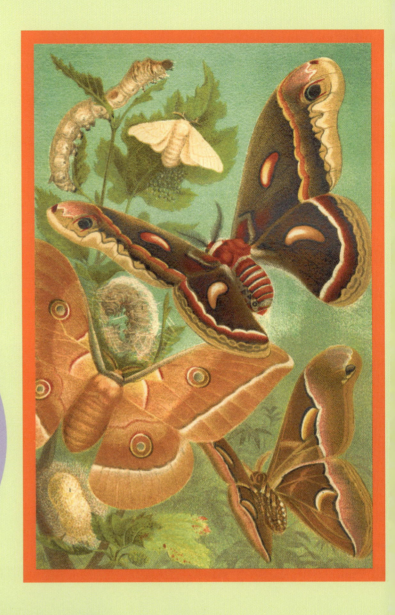

Difícil crianza

La crianza de los gusanos de seda es un trabajo muy duro. Es necesario darles alimento varias veces al día para calmar su apetito: diariamente consumen varias cestas llenas de hojas. Las hojas no deben estar demasiado húmedas ni demasiado calientes. Las orugas también son muy exigentes.

Cuando se envuelve la oruga

La oruga produce el hilo de seda para envolverse cuando se va a convertir en crisálida. Tiene dos glándulas que producen un líquido a partir del cual se forman los hilos. En este momento es elástico como la goma de mascar. Las orugas giran para formar un hilo largo. Este se endurece al contacto con el aire. Durante el proceso de producción del hilo la oruga gira varias veces alrededor de su cabeza. Continúa envolviéndose con el hilo hasta quedar completamente dentro del capullo.

¿Qué tiene qué ver una oruga con la corbata de papá?

Seda o mariposa de seda

El hilo de seda solo puede obtenerse si la mariposa no se desarrolla dentro del capullo. Durante la eclosión, la mariposa rompería el hilo de seda. Por esta razón la mayoría de las crisálidas se mueren en el capullo cuando les aplican aire caliente o vapor de agua. Solo unas pocas consiguen eclosionar para reproducirse.

Encuentra el hilo

El capullo se cepilla para encontrar el comienzo del hilo de seda. Este se enrosca junto con al menos otros cuatro hilos. Un hilo solo sería demasiado delgado para su posterior procesamiento. El hilo más grueso, la seda cruda, se enrolla. Esto es similar a enrollar un ovillo de lana. Anteriormente este trabajo se realizaba a mano. Ahora las hiladoras, unas grandes máquinas, están asumiendo esta tarea.

Los capullos "malos" se separan.

Gran trabajo

El hilo de un capullo de buena calidad puede tener más de un kilómetro de largo. Para hacerlo la oruga se toma de cuatro a cinco días.

Lavado, tejido, teñido

La seda cruda se lava con agua y jabón y de este modo adquiere un hermoso brillo. Se procesa posteriormente en hilos y telas. Más tarde se tiñe o se teje en telas vaporosas.

¿De dónde vienen mis aretes de plata?

¿Alguna vez te han regalado joyas auténticas? Entonces seguramente sabes que la joyería elaborada con metales preciosos es muy valiosa. Es más costosa que la bisutería. ¿Por qué? ¿Qué hace que tus aretes de plata sean tan valiosos?

Tesoro de la tierra

La plata es un metal precioso. Esto significa que es particularmente resistente. Para obtener la plata tienes que cavar muy profundo dentro de la tierra. Al igual que el oro, este metal se extrae de las minas. Este trabajo sigue siendo en la actualidad peligroso y muy duro.

El metal de la Luna

Ya había objetos de plata en el Neolítico. Desde entonces la gente ha venido cavando en el interior de las montañas para conseguir este valioso metal. Los antiguos egipcios lo llamaban el metal de la Luna, presumiblemente debido a su brillo. Las monedas, vasijas y joyas se hacían de plata. En Europa había grandes depósitos de plata, particularmente cerca de Atenas. También los había en Alemania y su explotación se hizo desde la Edad Media hasta su agotamiento.

Riqueza y prosperidad
Muchas ciudades llegaron a ser muy ricas debido a la minería de plata. Se construyeron magníficos edificios e iglesias que se adornaron con obras de arte elaboradas a partir de este metal.

¿De dónde vienen mis aretes de plata?

De dónde proviene la plata

En México y Sudamérica los españoles extrajeron plata desde el siglo XVI. Aún hoy en día la mayor parte de la plata proviene de esta región. En Alemania hoy ya no se extrae, a pesar de que todavía queda algo en la tierra. Esto se debe a que la explotación costaría mucho más dinero del que se obtendría con la venta del producto. ¿Cómo se ve hoy una mina de estas? Tú mismo lo puedes ver porque muchas de estas viejas minas se pueden visitar.

Niños en la montaña

Los pasillos de las minas de plata tenían poca altura y eran tan estrechos que a veces solo los niños podían pasar. Los chicos más grandes trabajaban en los túneles mientras que los más jóvenes hacían su jornada como operarios en las trituradoras. De diez a doce horas al día trituraban allí las rocas. En los países pobres los niños actualmente trabajan en la industria minera.

La plata captiva

La plata no se encuentra en terrones. Se debe retirar cuidadosamente de la montaña porque está asociada, principalmente en la roca, con otro metal. En ese estado la denominamos "mena". En el pasado, los mineros la golpeaban con martillos y mazos de piedra. Posteriormente los terrones se fundían con el mineral de plata en un horno. La plata líquida se recogía y vertía en moldes. Hoy en día las máquinas hacen gran parte del trabajo y la plata se extrae de la roca por medios químicos.

Mi ropa

De la mena a la plata fina

La plata se puede obtener mezclada con plomo o cobre o directamente como mineral de plata. Para hacer joyas, la plata se separa de los otros metales mediante calentamiento o con un proceso químico. Esto se hace en las llamadas "refinerías de plata". La plata bruta que allí se obtiene se purifica luego utilizando la energía eléctrica, con un proceso llamado electrólisis. Así es como se convierte en plata fina.

Más que joyas

La plata no solo se utiliza en las joyerías. Puedes encontrar este metal precioso en algunos yesos especiales, los llamados "apósitos" que se utilizan en las heridas. Pero también se utiliza en el tratamiento del agua y en las industrias automotriz y textil. Los viajes espaciales no se pueden hacer sin la plata.

Mineral de plata

Lo que viene en el arete

El platero puede comprar la plata que necesita para la producción de sus joyas en la refinería de plata. Allí la consigue en gránulos, alambres o láminas, que procesa posteriormente. Para tus aretes, sin embargo, también necesita otros metales como el cobre, el zinc, el platino o el oro. ¿Por qué? La plata pura es muy delicada. Se raya y se desgasta con facilidad y con el tiempo se vuelve cada vez más frágil. También con el tiempo cambia su color. Por esta razón se mezcla con otros metales. Esto la hace más dura y permite que conserve su brillo por mucho tiempo.

¿De dónde vienen mis aretes de plata?

Forjado de la plata

Para elaborar tus aretes probablemente el platero utilizó la llamada plata de ley. Esta es una aleación popular, es decir, una mezcla que se utiliza para fabricar joyas. Está compuesta por 92.5 % de plata y 7.5 % de cobre. La plata se procesa generalmente en frío. El tipo de material que se utiliza, bien sea granulado o en alambre, determina qué tipo de trabajo hay que hacer para elaborar tus aretes.

Herramientas de los plateros

En el taller del platero encontrarás una serie de herramientas que probablemente también haya en tu casa: el martillo, la lima, la sierra, el taladro, el papel de lija, el soldador y los alicates. También verás moldes para fabricar anillos o esferas.

Martillos, soldadura, pulido

A la plata se le da la forma que se desee utilizando el martillo de forja. Posteriormente se pueden incorporar piedras preciosas u otros materiales tales como la madera. Para que más tarde puedas usar los aretes, se les debe poner un gancho. Este se suelda cuidadosamente con alambre de plata. El pendiente terminado se lija y se pule y a veces se recubre con una laca para que permanezca brillante durante más tiempo. Luego se lleva a la vitrina en espera de que tú lo compres.

Dale una mirada a la mesa de trabajo de un platero.

Mi ropa

¿Quién produce la lana para mi bufanda?

En el invierno te pones bufanda. Esta debe ser suave, confortable y calentita. Las bufandas se pueden hacer con una amplia variedad de materiales. Por ejemplo, es posible usar un material de la familia de los plásticos. Sin embargo, también hay materiales naturales como el algodón o la lana. ¡Algunos de estos producen picazón! Pero, también hay lana de muy alta calidad que es bastante liviana y suave. Antes de que la lana se convierta en bufanda, la oveja que la produce puede comer mucha hierba.

De ovejas salvajes a mascotas

Hasta hace 5000 años, las ovejas eran esencialmente animales salvajes. Probablemente se parecían a los muflones que puedes visitar en el zoológico. Todas las ovejas domésticas que existen hoy son descendientes del muflón armenio. Vivían en una zona que se extendía desde Hungría y pasaba por el sur de Alemania hasta llegar al Mediterráneo. Solo cuando los seres humanos se volvieron sedentarios y domesticaron algunos animales, comenzaron a utilizar la lana, la carne y la piel de las ovejas. La oveja es uno de los animales domésticos más antiguos. Llegaron a América en el segundo viaje de Colón, en 1493.

¿Quién produce la lana para mi bufanda?

¿Carne o lana?

Hay ovejas de color negro, blanco y marrón, y también con cuernos o sin ellos. ¿Sabías que hay ovejas de carne y de lana? Se crían para que proporcionen una buena cantidad de carne o de lana.

La crianza de las ovejas

La lana posiblemente se empezó a utilizar en Europa alrededor del tercer milenio antes de Cristo. Esto no se puede afirmar con exactitud, puesto que por ser un material orgánico se pudre después de cierto tiempo. Si bien la gente hasta ese entonces se cubría con pieles de animales para protegerse del frío, ya podía hacer ropa con lana para abrigarse. La lana se podía hilar y tejer como el lino, pero conservaba mejor el calor. Para satisfacer la creciente demanda de lana comenzó la crianza de las ovejas.

Pelo duro y blando

Si alguna vez has visto ovejas te habrás podido dar cuenta de que la lana del vientre y la del trasero es bastante sucia y enmarañada. La mejor lana está ubicada en el lomo y los costados de la oveja. En la parte superior el pelo es grueso y bastante duro, mientras que en la parte inferior es particularmente suave. Para la producción de lana solo se utilizan los pelos blandos.

Granjas ovinas

Las ovejas se encuentran ahora casi en todas partes del mundo. En Europa, se criaban principalmente en España y en Inglaterra. Hoy en día las mayores granjas de ovejas están en Australia y Nueva Zelanda. De allí viene la mayor cantidad de lana.

Mi ropa

Esquilar las ovejas

152 Durante la primavera o al principio del verano podemos ver ovejas "desnudas" en los pastizales. Eso quiere decir que el granjero ya las esquiló. Es algo parecido a una visita a la peluquería, solo que el proceso es mucho más rápido con las ovejas. Un buen esquilador corta completamente la lana de una oveja en tres minutos. Utiliza una máquina operada con electricidad. La oveja se sienta sobre su parte posterior y la lana se corta desde el abdomen hacia el lomo y luego hacia las piernas. A las ovejas no les duele cuando las esquilan.

Los viajes de la lana

Prensada en grandes pacas y preclasificada según su color y calidad, la lana se embarca a diversos destinos. Una parte se vende en subastas y el resto se entrega directamente a las fábricas de lana, las llamadas hilanderías.

Ordenar y lavar

La lana se clasifica según el color y la calidad. Se eliminan la lana muy sucia del vientre y la parte posterior al igual que las puntas anudadas. Los mechones restantes se separan. Se retiran el heno, la paja y las otras impurezas. Las grandes granjas de ovejas entregan su lana a una lavandería. Se requieren de seis a ocho ciclos de lavado para que la lana quede completamente limpia.

¿Quién produce la lana para mi bufanda?

Peinado y cardado

Las fibras de la lana todavía se encuentran enredadas. Por eso se deben peinar antes de hilarlas. Esto no es muy diferente a cepillarse el pelo. En la fábrica está la máquina cardadora. En ella, la lana pasa a través de rodillos que están equipados con muchas uñas pequeñas que retiran las últimas impurezas. En este momento la lana no solo está limpia sino también lisa y las fibras están todas orientadas en una dirección.

Máquina de cardado

La grasa de la lana

La lana es muy grasosa. Gracias a la grasa, las ovejas permanecen secas aun bajo la lluvia. No se necesita la grasa para hacer tu bufanda, y por eso la lana se debe lavar. La grasa de la lana, llamada lanolina, se vende a la industria cosmética. Con ella se fabrican algunos productos para el cuidado de los labios.

Hilar y tejer

Varias hebras de lana peinada se colocan la una al lado de la otra. En la hilandería este tren de peines, como se denomina técnicamente, produce un hilo largo y retorcido, que se vende a las tiendas. Con esta lana puedes ahora tejer tu bufanda. Si no la quieres hacer la puedes comprar ya terminada. Si te produce piquiña se debe al tipo de lana y a su tratamiento. La lana merina, por ejemplo, que se obtiene de las ovejas de la raza merina, es bastante suave y no produce picazón. Pero también es un poco más costosa.

Quiz

1. **¿Qué son los paneles?**
   a) Cajas para sombreros.
   b) Los pentágonos y los hexágonos de un balón de fútbol.
   c) Revestimientos de madera.

2. **¿Qué es una salina?**
   a) Cierto dulce elaborado de regaliz.
   b) Una medicina para la tos.
   c) Unas instalaciones donde se obtiene la sal.

3. **¿Quién fue Vasco da Gama?**
   a) Un navegante portugués.
   b) Un distribuidor de pimienta.
   c) Un pintor.

4. **¿Qué son las colmenas?**
   a) La comida del zorro.
   b) La hinchazón después de una picadura de abeja.
   c) Las viviendas de las abejas.

5. **¿Cuál árbol produce las aceitunas?**
   a) El nogal.
   b) El olivo.
   c) La palmera.

6. **¿Qué es una imprenta?**
   a) El escondite de un erizo.
   b) El lugar donde se imprimen los billetes.
   c) Una alta pila de la remolacha.

7. **¿Qué planta tiene un falso tronco?**
   a) El banano.
   b) La planta del té.
   c) El girasol.

8. **Para que una vaca dé leche, debe…**
   a) Comer hierba.
   b) Tener un ternero.
   c) Permanecer en el establo.

9. **El agua mineral se forma en…**
   a) Ríos y lagos.
   b) La botella.
   c) En las capas profundas de las rocas.

10. **¿Qué es un oleoducto?**
    a) Una tubería.
    b) Un silbato especial.
    c) Una línea ondulada.

Quiz

11. ¿Cómo llaman los lugareños a los cocoteros?
a) Árbol de la vida.
b) Árbol de fruta dura.
c) Árbol del tronco alto.

12. El ingrediente más importante de las tintas ferrogálicas es…
a) El hierro.
b) Un colorante azul.
c) Las agallas.

13. ¿Cómo se marcan los árboles para talar?
a) Con la fecha.
b) Con una cinta.
c) Con un punto o una línea.

14. ¿Cuál de estos colores es el índigo?
a) Azul.
b) Rojo.
c) Verde.

15. ¿De qué material se hacen los billetes?
a) De papiro.
b) De pergamino.
c) De algodón.

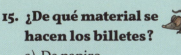

16. ¿De dónde se extrae el yeso?
a) En la superficie y el interior de la tierra.
b) Solo en la superficie.
c) Solo por debajo de la superficie.

17. Para obtener el corcho, el alcornoque…
a) Se tala.
b) Se pela.
c) Se quema.

18. ¿Cuál es el mayor componente del vidrio?
a) El carbonato de sodio o soda.
b) La arena.
c) La cal.

19. ¿Qué es la nota del corazón?
a) Una nota alta en música.
b) Un billete.
c) Una fragancia.

20. ¿Qué comen los gusanos de seda?
a) Las hojas de la morera.
b) Escarabajos y arañas.
c) Frutas.

21. ¿Otro nombre para la savia del árbol de caucho es…?
a) Kéfir o yogur.
b) Caucho.
c) Látex.

Respuestas

1b, 2c, 3a, 4c, 5b, 6b, 7a, 8b, 9c, 10a, 11a, 12c, 13a, 14a, 15c, 16a, 17b, 18b, 19c, 20a, 21c

Glosario

Aceite virgen: Aceite crudo, natural.

Ácidos grasos: Componente de las grasas y aceites naturales.

Ánfora: Recipiente abombado con asas para almacenar aceite o miel. Se usaron en la Antigüedad.

Apicultor: Alguien que cuida las abejas y se ocupa de recoger la miel.

Aztecas: Personas que vivieron en la zona del México de hoy, del siglo XIV al XVI. Su cultura fue destruida por los conquistadores españoles.

Bacterias: Agentes patógenos.

Batista: Tela especial de algodón o lino finamente tejida.

Bioetanol: Componente de los combustibles producido a partir de biomasa.

Brote: Retoño de una planta.

Centrífuga: Máquina que gira a gran velocidad para separar componentes.

Colmena: Sitio donde viven las abejas, por ejemplo, una caja o una cesta.

Condensación: Convertir un vapor en líquido o sólido.

Consistencia: Textura de una sustancia u objeto.

Crisálida: Larva de insecto dentro de un capullo.

Cultivo: Conjunto de plantas inicialmente silvestres y que ahora se utilizan para ornamentación o alimentación.

Cuneiforme: Un tipo de escritura compuesto de signos en forma de cuña que utilizaron principalmente los babilonios y los asirios.

Destilación: Cuando las sustancias líquidas se evaporan y se vuelven a licuar. De este modo se separan entre sí.

Enzimas: Proteínas que favorecen y regulan las reacciones bioquímicas en el cuerpo y son cruciales para el metabolismo.

Espigas: Las cabezas de los cereales.

Fermentación: Utilización del material orgánico por microorganismos tales como las bacterias.

Freidora: Un dispositivo para freír alimentos en aceite o grasa caliente.

Látex: La leche del árbol del caucho.

Lino: Fibra de lino, tela de lino, un material vegetal para la producción de telas.

Machete: Cuchillo largo que se utiliza para cortar arbustos en Sudamérica.

Marca de agua: Patrón que se coloca en la fabricación de los billetes y que se destaca cuando el papel se ve a contraluz.

Glosario

Medicamento: Medicina.

Microorganismos: Organismos pequeños microscópicos, por ejemplo, las bacterias.

Mitos: Leyendas, historias.

Moneda: Dinero en efectivo.

Nailon: Fibra muy resistente producida mediante procesos químicos.

Néctar: Líquido que se encuentra en las flores de las plantas y contiene azúcar. Las abejas hacen la miel a partir del néctar.

Neopreno: Caucho artificial. Material con el que se hacen trajes de buceo.

Panal: Grupo de celdas hexagonales construidas con cera para el almacenamiento de la miel y la crianza dentro de una colmena.

Papiro: Material de escritura derivado de la médula de la planta de papiro.

Pasteurizar: Esterilizar y conservar mediante calentamiento y enfriamiento rápido.

Pigmentos, pigmentos de color: Partículas muy pequeñas del suelo o de una planta con las que se puede teñir. Junto con un aglutinante o disolvente dan un color. Los pigmentos también se pueden fabricar químicamente.

Placa tectónica: La corteza terrestre está formada por placas que están en movimiento. Las placas que se encuentran bajo de superficie se llaman placas tectónicas.

Plantación: Área extensa donde se cultiva una sola especie vegetal.

Plántula: Brote de una planta.

Polen: Polvillo de una flor; la parte masculina de las flores de las plantas.

Reacción química: Cuando uno o más compuestos químicos se convierten en otra sustancia.

Refinación: Limpieza o purificación de materias primas.

Salmuera: Solución salina.

Sintético: Que no se produjo naturalmente sino de forma artificial.

Subasta: Remate.

Tejer: Proceso para la fabricación de telas. Se entrelazan varios hilos verticales con hilos horizontales. Los hilos verticales se denominan urdimbre y los horizontales trama.

Tridimensional: Un objeto espacial que tiene tres dimensiones (longitud, profundidad, altura).

Turbina: Rueda hidráulica con paletas curvas por donde fluye agua, vapor o gas, lo cual hace girar un rodete.

Viticultor: La persona que cultiva la vid, de donde sale el vino.

Zozobrar: Irse a pique, naufragar.

Índice alfabético

Abeja: 16 ss., 116 ss.
Aceite: 20 y ss., 26, 51, 60 y ss., 118, 125, 129 y ss., 140, 156
Aceite virgen: 23, 156
Ácido carbónico: 55 y ss.
Ácidos grasos: 118, 125, 156
Agua mineral: 37, 54 y ss.
Alcornoque: 104 y ss.
Algodón: 118, 122, 134 y ss., 141
Almohada: 120 y ss.
Ánfora: 106, 156
Apicultor: 17, 19, 117, 156
Árbol: 13 y s., 16 y s., 21, 33, 42 y s., 46, 51, 65 y ss., 72 y ss., 82 y ss., 104 y ss., 138 y ss., 142 y ss.

Árbol de cacao: 42
Árbol llorón: 138 y ss.
Arena: 8, 11, 54, 108 y ss.
Aroma: 15, 21 44, 48 y s., 51, 127 y ss.
Aserradero: 83
Aztecas: 42, 156
Azúcar: 28 y ss., 35, 51 y ss., 63, 115

Bacterias: 39, 57, 156
Banano: 32 y ss.
Batista: 122, 156
Billete de banco: 64, 90 y ss.
Bioetanol: 63, 156
Biomasa: 63, 156
Bolsa de té: 49
Botas de caucho: 138 y ss.
Botella retornable: 57
Bronquios: 112 y ss.

Cacao: 42 y ss.
Calamar: 77 y ss., 87
Capullo: 142 y ss.
Caucho: 138 y ss.
Camiseta: 134 y ss.
Centrífuga: 19, 22, 31, 156
Cera 18, 64 y s., 96, 117 y ss.
Cereal: 68 y ss.
Coco: 72 y ss.
Cola: 50, 51
Colmena: 16 y s., 117
Color: 13 y s., 30, 43 y ss., 48, 76 y ss., 86 y ss., 92, 96, 109, 116, 121, 127, 137, 145, 152
Colza: 17, 20 y ss., 63
Combustible: 60 y ss.
Condensación: 61, 156
Consistencia: 30, 33, 41, 126, 156
Corcho: 104 y ss.
Crisálida: 143, 145, 156
Cuero: 65, 90, 94 y ss.

Cultivo: 20, 68, 114, 156
Cuneiforme: 125, 156
China: 28, 46, 65, 91, 92, 95, 109, 135, 138, 143
Chocolatina: 28, 44 s.

Destilación: 61 y s., 129, 156
Diésel: 60 y ss.
Dinero: 90 y ss.

Escritorio: 82 y ss.
Espiga: 13, 69 y ss., 156
Estearina: 116 y ss.
Estilógrafo: 76 y ss.
Estómago de miel: 18
Extractora de aceite: 21 y ss.

Fermentación: 43, 48, 156
Fibra: 44, 65 y ss., 72 y ss., 134 y ss., 153
Freidora: 26, 156
Fútbol: 94 y ss.

Gas natural: 60 ss.
Grano: 12 y ss., 68 y ss.
Grasa: 26, 41, 88, 117 s., 124 s., 127, 129 s., 136, 153
Gusano de seda: 142 y ss.

Hierba: 113 y ss., 128
Hilandería: 75, 136, 142, 145, 152 y s.

Jabón: 10, 124 y ss., 136, 145
Jarabe: 30
Jarabe para la tos: 112 y ss.
Jugo viscoso: 30 ss.

Lana: 123, 145, 150 y s.
Látex: 139 y ss., 156
Leche: 38 y ss., 72, 77, 115, 139 y s.
Leyenda: 46, 124
Lino: 65, 72, 151, 156

Índice alfabético

Machete: 33, 43, 156
Madera: 17, 34, 63, 64 y ss., 78 y ss., 82 y s., 149
Máquina: 9 y s., 21, 24 y ss., 27, 29, 39, 44 y ss., 47 y ss., 52, 67, 69 y ss., 74, 83, 85, 92 y ss., 99, 106 y s., 114, 121 y ss., 126, 135 y ss., 145, 147, 152 y s.
Máquina de ordeño: 40
Marca de agua: 92, 157
Masa fundida de vidrio 109 y ss.
Medicamento: 113 y ss., 157
Mecha: 117 y ss.
Microorganismos: 38, 107, 157
Miel: 16 y ss., 115, 117
Minerales: 55, 78, 86, 88
Mitos: 50, 157
Molino: 15, 21 y ss., 45, 65 y ss., 70, 100
Moneda: 90 y ss., 157
Montaña: 9 y ss., 99, 146 y ss.

Nailon: 72, 157
Néctar: 18, 157
Neopreno: 141, 157
Nuez de cola: 50 y s.

Oleoducto: 61
Oliva: 20 y ss., 125
Oveja: 65, 117, 123, 150 y ss.

Palma de coco: 72 y ss.
Pan: 41, 68 y ss., 90

Panal: 16 y ss., 117, 157
Paneles: 96 y ss.
Papas: 24 y s.
Papas fritas: 24 y ss.
Papel: 11, 49, 64 y ss., 76, 79, 83, 90 y ss., 113
Papiro: 64 f., 76, 157
Parafina: 116 y ss.
Pasteurizar: 41
Perfume: 128 y ss.
Pergamino: 65
Petróleo: 61 y s., 116 y s., 140
Pigmentos: 88 y s., 140, 157
Pimienta: 12 y ss., 42, 128

Pincel: 88 y s.
Pintura rupestre: 86
Placa tectónica: 9, 156
Planta de banano: 32 y ss.
Planta de coca: 50
Planta de procesamiento de leche: 40 y s.
Planta del té: 47
Plata: 28, 78, 90 s., 146 y ss.
Pluma: 78 y s., 120 y ss.
Plumón: 120 y ss.
Polen: 17, 117, 157
Productos lácteos: 40 y s.

Reacción química: 125, 157
Reciclar: 107, 111
Refinación: 31, 61 y s., 157
Refinería: 61 y ss., 148

Remolacha azucarera: 28 y ss., 63
Ropa: 19, 65, 124 y s., 133 y ss.

Sal 8 y ss.
Sal marina: 11 y ss., 24.
Salmuera: 10, 14, 157
Saltar la cuerda: 72 y ss.
Seda: 49, 142 y ss.
Sintético: 72, 123, 157
Soplador de vidrio: 111
Subasta: 152, 157
Supermercado: 8 y ss., 14 y s., 27, 31 y ss., 41, 53, 57, 63, 71, 74

Té: 46 y ss., 50, 114 y s.
Tejer: 133, 151, 153, 157
Tinta: 76 y ss.
Torta de prensa: 23
Tos: 112 y ss.
Tridimensional: 123, 157
Turbina: 126, 157

Ubre: 38 y ss.

Vaca: 38 y ss., 65
Vela: 116 y ss.
Vendaje: 98 y ss.
Vidrio: 10, 14, 19, 22, 50, 88, 107, 108 y ss.
Viticultor: 106, 157

Yeso: 98 y ss.

Zozobrar: 61, 157

Créditos de imágenes

dpa Picture-Alliance, Frankfurt: picture alliance/KEYSTONE 30 u., 31 o.; picture-alliance/dpa 45 o., 92 u., 111 o.; picture alliance/The Advertising Archives 50 o.; picture alliance/AP Photo 62 o.; picture-alliance/africamediaonline 96 u.; picture-alliance/ZB 153 o.

www.fotolia.de: Visionsi 40 o; seen 57 o; Alterfalter 57 u.; ag visuell 114 o. r.; africa 126 o.

www.shutterstock.com: T.W. van Urk 11 u.; HandmadePictures 15 u.; ruzanna 24 o.; SeDmi 24 u.; Rido 25 u.; Matthias G. Ziegler 51 o.; ifong 69 u.; Rumpelstilzchen 79 o.; Maglara 85 u.; Stephen Rees 92 o.; pedrosala 100 u. l.; Voyagerix 101 o. r.; Pack-Shot 106 u.; holbox 107 o.; mandritoiu 111 u.; Ilike 115 o.; Alis Leonte 119 u.; Vasilius 120 o. r.; Bombaert Patrick 127 o.; Sofiaworld 144 u.; John Bill 145 o.; GOLFX 145 u.; Steve Heap 149 o.; natashamam 153 u.

www.123rf.com: MARIUSZ PRUSACZYK 11 o.; Pierre-Yves Babelon 14 o.; Calvin Chiu 14 u.; serezniy 16 o., 20 u. r.; Yotrak Butda 16 u.; Valerii Kirsanov 17 o.; Anna Omelchenko 20 o.; Marco Mayer 20 u. l.; marrakeshh 20 u. m.; Dimitri Surkov 21 u.; Goran Bogicevic 31 u.; JATESADA NATAYO 34 o.; TONO BALAGUER 34 u.; marcbruxelle 35 u.; baloncici 40 u.; Mara Zemgaliete 41 u.; Uros Zunic 45 u.; hamsterman 48 o.; Heike Rau 49 o.; Richard Thomas 50 u.; Robert Neumann 56 u. l.; lbarn 66 o.; Åžafak CakÄ±r 67 o.; jeka81 68 o.; pixbox 74 o.; lakhesis 75 u.; Stasyuk Stanislav 78 o.; Olaf Speier 85 o.; Sylenko Svetlana 86 o.; Yuliyan Velchev 93 o.; Scott Betts 96 o.; Gennadiy Poznyakov 101 u.; Rüdiger Rebmann 107 u.; Miroslav Beneda 110 u.; Marilyn Barbone 114 u. l.; Laurent Dambies 118 o.; Ansis Klucis 118 u.; Peerajit Dittain 121 o.; lawren 127 u.; belchonock 130 o.; nito500 130 u.; Nataliya Korolevskaya 131 o.; krisckam 136 o.; Constantine Pankin 136 u.; djem 137 u.; Cathy Yeulet 138 o.; sukan 139 o.; Yotrak Butda 139 u.; hecke 148 o.; Paul Fleet 149 u.; Pedro Aurelio Estevez Calzado 152 o.

Otros: Autor: Andreas Trepte, licencia: cc-by-sa 10 u.; Autor: 3268zauber, licencia: cc-by-sa 44 o.; Autor: Jossejonathan, licencia: cc-by-sa 48 u.; Autor: Re 460, licencia: cc-by-sa 62 u.; Autor: Shizhao, licencia: cc-by-sa 63 o.; Autor: Amaza, licencia: cc-by-sa 66 u.; Autor: Sémhur, licencia: cc-by-sa 68 u.; Autor: Ra Boe, licencia: cc-by-sa 75 o.; Autor: Lothar Spurzem, licencia: cc-by-sa 78 u.; Autor: Jakethrelkeld, licencia: ccbysa 84 o.; Autor: Baperukamo, licencia: ccbysa 86 u.; Autor: gitane, licencia: ccbysa 87 u.;
Autor: Kandschwar, licencia: cc-by-sa 97 u.; Autor: Kalima, licencia: cc-by-sa 100 o.; Autor: Yoky, licencia: cc-by-sa 120 u.